用生命照亮生命

看见自己，看见孩子

Life Illuminating Life
Seeing Yourself and Seeing the Child

杨 帆 著

中国铁道出版社有限公司
CHINA RAILWAY PUBLISHING HOUSE CO., LTD.

图书在版编目（CIP）数据

用生命照亮生命：看见自己，看见孩子 / 杨帆著. -- 北京：中国铁道出版社有限公司, 2025.9. -- ISBN 978-7-113-32305-9

I. I247.5

中国国家版本馆 CIP 数据核字第 20251H9T50 号

书　　名：用生命照亮生命：看见自己，看见孩子
YONG SHENGMING ZHAOLIANG SHENGMING: KANJIAN ZIJI, KANJIAN HAIZI

作　　者：杨　帆

责任编辑：孟智纯　　　编辑部电话：（010）51873697
装帧设计：闫江文化
责任校对：安海燕
责任印制：赵星辰

出版发行：中国铁道出版社有限公司（100054，北京市西城区右安门西街 8 号）
网　　址：https://www.tdpress.com
印　　刷：天津嘉恒印务有限公司
版　　次：2025 年 9 月第 1 版　　2025 年 9 月第 1 次印刷
开　　本：880 mm×1 230 mm　1/32　印张：8.25　字数：190 千
书　　号：ISBN 978-7-113-32305-9
定　　价：59.80 元

版权所有　侵权必究

凡购买铁道版图书，如有印制质量问题，请与本社读者服务部联系调换。电话：（010）51873174
打击盗版举报电话：（010）63549461

把自己活成一道光

因为你不知道

谁会借着你的光

走出了黑暗

请保持心中的善良

因为你不知道

谁会借着你的善良

走出了绝望

请保持你心中的信仰

因为你不知道

谁会借着你的信仰

走出了迷茫

请相信自己的力量

因为你不知道

谁会因为相信你

开始相信了自己

愿我们每个人都能活成一束光

绽放着所有的美好

自序 | 让教育回归生命的原野

亲爱的朋友，当您翻开这本书时，或许正被这些问题困扰：

为什么学了那么多育儿技巧，依然教不好自己的孩子？为何越是精心栽培，孩子却越像温室里蔫掉的花朵？教育的真谛，究竟藏在专家的理论里，还是流淌在每日的相处中？……

十几年前，我和书中的晓光一样，带着同样的迷茫与疲惫，走进我的"怡湖山"，开启了一段生命探索之旅，从此改变人生方向。

在"怡湖山"的时光，我每天与花草树木相伴。某个清晨，当我在花园观察蔷薇藤如何找到攀缘的竹架时，突然顿悟何为教育中的"园丁之心"：

我们总在用培育盆景的方式对待孩子——修枝、造型、催花、促果，却忘了教育本该是守护野生花园的智慧。

焦虑的父母，疲惫的教师，本质上都是未被足够灌溉的自己。只有先养育好自己，才能更好地滋养孩子。

后来，我一边坚持自我成长，一边陆续在公立、私立、新教育学堂等不同的学校里工作；同时做家庭教育咨询师，写下百万字的个人成长日记与教育咨询案例。

在咨询来访中，我看到越来越多焦虑的家长和厌学的孩子。我想或许可以把那些文字整理出来，分享给有需要的人。

去年寒假，整整一个月，我每天十几个小时写作，终于完成心愿。

我就像裁缝，拿出积攒多年的各式布料，挑选、剪裁、拼接，用尽心力，做出一件自己满意的衣服，想奉献给大家。我希望这件衣服不仅样式好看，更能为行走在路上的人们御寒保暖。

这本书以故事的方式，分享我对教育的思考及实践。这些故事和案例都是真实发生过的，但情节和人物经过艺术的变形、嫁接和加工，即使是当事人，可能也未必知道写的是谁。

在阅读中，您将跟随故事的主人公晓光，在茶香与花影间经历三次蜕变：从"教育工匠"到"生命园丁"的认知跃迁；从"养育孩子"到"滋养守护"的关系转换；从"追赶标准"到"静待花开"的心灵觉醒。

书中故事是双面镜：既照见晓光的成长困惑，也映出万千家长的集体焦虑。花园里的每朵花都是独一无二的，这里并不提供统一的培育方案。它不是答案之书，而是邀您共同经历一场教育的溯源之旅——回到生命最本真的状态，重新理解何为成长，让我们一起成为园丁式的父母。

亲爱的朋友，当我们走进花园，往往无法一次性带走所有果实，正如有些理念需要时间发酵才能更清甜。

若您在某个时刻，愿意放下焦虑和期待，突然想认真听听孩子讲述学校里的"无聊"小事，而不是催促他快去写作业时，我们的心意已在这字里行间相通了。

当您读到最后，晓光和林老师在怡湖山重逢，或许您会惊喜地发现：最好的教育，原来就藏在我们本自具足的生命状态里。

愿这本书能为您带来放下剪刀的勇气，呵护种子的智慧，以及静待花开的从容。当我们不再执着于塑造"完美作品"，生命的奇迹，正在每个"不完美"的瞬间悄然发生。

杨　帆

于江城兰香小筑

目录

上篇　重新养育自己

第一章　觉醒：看见真实的自己　/003

　　第一节　从前有座山 /004
　　第二节　我是谁 /006
　　第三节　园丁之心 /009
　　第四节　回首来时路 /013
　　第五节　心灵放映厅 /015
　　第六节　我的烦恼与孩子无关 /021

第二章　打破：重塑全新的自己　/027

　　第一节　理解与接纳：走出童年的泥泞 /028
　　第二节　自我元认知：升级人生导航 /035
　　第三节　知行合一：做到才是知道 /042

第四节　实事求是：找到自己的路 /046

第五节　爱是看见 /057

第六节　别忘了，你也曾是孩子 /069

第三章　修炼：更好地成为自己　/079

第一节　放松：学会与焦虑共处 /080

第二节　觉知：第三只眼看世界 /085

第三节　明辨：穿透情绪看事实 /089

第四节　耐心：慢是最快的抵达 /095

第五节　放下：摆脱执念的束缚 /099

第六节　致自己：洗净尘埃，天地成茶 /103

｜下篇｜用爱滋养孩子

第四章　参悟：直面教育现场　/109

第一节　双面镜：亲子问卷里的认知鸿沟 /110

第二节　茶室辩论：快乐从何而来 /117

第三节　劳动换午餐：乡村实践 /121

第四节　集体大扫除：劳动中的温柔心 /127

第五节　舌尖上的春秋：肉松饼博弈论 /133

第六节　守护感受力：与世界对话 /140

第七节　不怕写作文：用感官唤醒文字 /147

第八节　小天使与小恶魔：看见自己的心 /153

第五章　实践：行走中的历练　/161

第一节　岩壁的回声：编织支持之网 /162

第二节　助农卖土豆：市井烟火中的成长 /169

第三节　闲暇出智慧：诗意唤醒生命 /176

第四节　挑战日：意愿创造奇迹 /182

第五节　爱出者爱返：道德之花自然绽放 /187

第六节　致家长：做教育的长期主义者 /193

第六章　创造：探索自驱力密码　/201

第一节　耕耘星野：初遇乡村教育 /202

第二节　播撒善种：建立信任根基 /206

第三节　松土培根：重构学习定义 /211

第四节　春风化雨：分层激发潜能 /215

第五节　新芽破土：鼓励主动探寻 /218

第六节　花开满园：成长善借天性 /222

第七节　各美其美：静待时间酝酿 /227

第八节　薪火相传：生命影响生命 /233

第七章　未来：自我认知的远征　/241

第一节　怡湖山重逢 /242

第二节　教育的未来 /244

第三节　人，究竟是什么 /246

第四节　路在脚下 /248

后　记　成为彼此的园丁 /251

上篇

重新养育自己

从山峦的隐喻到心灵的放映厅，这一章是自我觉醒的起点：剥离社会角色的外壳，直面内心的困惑与伤痕，在"园丁之心"的觉醒中明白——教育孩子的第一步，是重新养育自己。

第一章

觉醒　看见真实的自己

第一节
从前有座山

我叫晓光,是一位二十一岁的姑娘,上个月刚大学毕业。我从小就想当老师,因为表现优秀,被实习的学校留校任教,圆了儿时的梦。

但我隐约担忧。大四实习那半年,教学任务的繁重,学校和家长的压力,以及教学外的各种琐事,让我从满怀激情,逐渐身心疲惫,情绪也变得不稳定。

在一天天的消耗中,我感觉当初的梦想似乎在一点点远离,对自己的能力也产生了严重怀疑。

妈妈有位朋友叫林欣,听说是一位很有智慧的教育研究者与实践者,目前在山里隐居。

妈妈建议我去林老师那里住两个月,既静心,又可以跟林老师学习教育,为九月份的正式入职做准备。

我欣然答应。第二天下午我们就出发了。那里离市区有三个多小时的车程,一路山谷延绵。环湖山路不太好走,车开得慢。妈妈叮嘱道:"到了山上勤快点儿,多帮林老师做事。多看多听,有问题就问,别拘束,妈妈和林老师是朋友。"

我点点头,说:"放心吧。"

妈妈又说:"林老师可是个了不起的人。她在公立和私立学校都工作过,自己又办过学,培养了不少优秀的学生。后来她选择住在山里,过这种宁静的生活。"

我问:"林老师为什么要隐居呢?"

妈妈笑了笑:"这个嘛,以后你可以问问她,每个人都有自己的故事。"

我心里对林老师充满了好奇。

说话间就到了。这里名叫怡湖山,山不高,遍野青松,三面环湖,风景秀美。

车停在山脚。一处开阔的平地上,坐落着灰顶白墙的小院。黄色的雕花木门,门口翠竹茂密。

走进去是前厅,以书为墙,隔出两个小间。左边是茶室,右边是书房,布置得整洁雅致。再往里走是个四合院,东西各几间小巧厢房。

院中花木葱茏,荷池里洁白的荷花随风轻摇。偶尔几声鸟鸣,四周树木郁郁,青山连绵,大湖隐约可见,一派宁静祥和。

我正四处打量时,只见里面走出一位女子,白裙飘逸,眉目清朗,气度不凡。她亲切微笑着走来,不等妈妈开口,我就知道这一定是林老师。

打过招呼后,妈妈和她在茶室喝茶,我在东厢房安顿行李。不一会儿,妈妈起身告辞。我们目送妈妈钻进汽车,缓缓消失在山路拐弯处。

后来有一次我和林老师聊天,我说:"我见到您的第一面,就很肯定地知道您是谁。"

"为什么？"

"因为我觉得妈妈口中的您，就应该是这个样子的。"

第二节
我是谁

山上很安静，夜晚只有鸟叫虫鸣和风声。一夜酣眠，我一大早就拿着记事本，比约定时间提前十分钟，到茶室等林老师。

茶室小巧雅致，阳光透过木窗斜斜洒落，在地板上织出一片斑驳的光影，几缕微尘在光束中游动。

茶桌上，白瓷茶壶静立，茶香与檀香交织，沁人心脾。茶桌上的花瓶里插着新采的大朵月季花，花瓣如雪，格外清雅。

窗外竹影婆娑，微风拂过沙沙作响，与室内的宁静形成微妙的呼应。茶室仿佛成了一个独立的世界，时间在这里变得缓慢。我感到心也静下来了。

林老师走进来，我赶紧站起来说："林老师好！"

她微笑招呼我坐下来，拿出茶罐，慢慢冲水泡茶，很快一股清香便弥散开来。

林老师递给我一杯茶，看了看我面前的记事本，微笑说道："咱们就是朋友，轻松聊天就好。你这次来有什么具体打算吗？"

我说："我从小就对教育感兴趣，这次想跟着您近距离学习探讨，夏令营可以给您做助教。其余时间我就看书做笔记，还有浇花、打扫院子都行。"

林老师微笑点头，说："好的，我们每天可以在茶室聊聊天。你说对教育感兴趣，那你认为教育是什么？"

这可难不倒我，我读的是师范大学，教育学的定义我麻溜地背出来了：

"从广义上说，凡是增进人的知识和技能，影响人的思想品德的活动都是教育。

"更狭义的定义，主要指学校教育。指教育者根据一定的社会要求，有组织地把受教育者培养成社会所需要的人。"

我喝了口茶，继续说道：

"这是教材上的解释，我更喜欢另外一些说法。比如爱因斯坦说的：当你把学校所学的一切全都忘记之后，剩下来的才是教育。

"还有人说：教育的本质意味着一棵树摇动另一棵树，一朵云推动另一朵云，一个灵魂唤醒另一个灵魂。您看这种描述多美！"

林老师微笑道："这些是别人的定义。你认为教育是什么？你有自己的定义吗？你自己又是谁呢？"

林老师在"你"和"自己"三个字上轻轻停顿。

我自己的定义？

我愣住了。我从没想过这些问题，脑子里想拼凑出一个答案，好像又都不对。

至于我是谁，这对我来说似乎更是一个高不可攀的哲学问题。

我突然发现，不管是老师还是家长，大家往往更关心的是教育"要做什么"以及"要如何做"，很少思考教育"是什么"的问题。

如果没有想清楚教育是什么，随之而来的"教育为什么""教育如何做"等一系列问题，岂不是在海边堆建沙塔？

这么重要的问题，我竟然从来没有自己的思考与答案！我有点儿不寒而栗。

我想起电影《教父》中的经典台词："一秒钟看到本质的人，和花半辈子也看不清一件事本质的人，注定是截然不同的命运。"

林老师似乎看出我的迷茫，为我倒了一杯茶，微笑说道："不着急，先把这个问题种在心里，慢慢在生活中去观察感悟，等你找到答案再分享给我。"

我想起林徽因和梁思成的梗①，便说道："答案很长，我得用一生的时间去回答，你准备好听了吗？"

林老师听懂了，她哈哈大笑，我也笑了。

林老师说：

晓光和大多数听话的"好学生"一样，头脑里有很多相对固化的他人观点。有时候，学习和成长不是做加法，而是做减法。

什么是教育？教育的目标是什么？谁是教育者，谁是被教育者？这些问题没有绝对正确的标准答案，而是需要我们自己去寻找。

对于教育者来说，这些问题就像是海上航船的定位系统，有了它们，才能锚定方向，自信坦然地往前行驶。

---

① 据说梁思成与林徽因结婚时，梁曾问林，"为什么是我？"林徽因作如是妙答。

第三节
园丁之心

夏天的小院花木繁盛，各种花开得正热闹。黄色的美人蕉，洁白的栀子花，淡黄的月季，大红的玫瑰，还有一团团粉红、粉蓝的大朵绣球。

清早推开门，我看到林老师静静地坐在花圃边，似乎在观察什么。

我走去好奇地问："林老师，您在看什么呢？"

林老师对我一笑，指着眼前一株花木，问我："你看到了什么？"

这是一棵普通的月季：粗壮的枝条，叶子泛着绿油光，几朵碗口大的鲜花正迎着朝阳怒放，精气神十足。唯独刺藤有点长，枝叶太茂。

我说："我没看出什么特别，就觉得是不是该修剪一下枝叶？这样看起来会更整齐好看。"

林老师微笑道："我很少修剪枝叶，我喜欢它们本来的样子。"

从这满园芬芳可以看出来，林老师一定很喜欢种花。我不禁问道："怎样才能把花种好呢？"

林老师说:"要想种好花,首先得了解每棵花木的天性与特点,比如阴阳、冷暖、干湿等种植条件。其次土壤很重要。好的种苗丢到贫瘠的土壤里,长不了多好;不太饱满的种子,若有肥土,再善加养护,多半也能出好苗。但这还不是最重要的,你知道怎样才能成为最好的园丁吗?"

林老师对养花之道娓娓道来,我听得正有趣,她突然问我这个问题,我摇了摇头。

林老师微笑道:"你看这棵月季,是我去年扦插的,刚插土的时候它才一片叶,几寸长,现在长得又高又旺。可能它的造型没那么好看,但是我很喜欢。我看过它抽出的每一条枝叶,开出的每一朵花。有时虫子特别多,我会一条条地摘掉。此刻我坐在这里,看着它的花朵,闻着它的芬芳,享受着这份宁静的愉悦,欣赏它的美好,无所求而满足。

"你说应该修剪一下,是的,或许那样更好看。但我并不希望它按照某种标准生长,只为满足我们眼中的好看。不仅是这棵月季,这里的每一朵花,对我来说都是独一无二的,都很美。最好的园丁,要有园丁之心。不是急着去修剪,而是能懂花,会培育,还有——善于等待。"

林老师笑了笑,起身走了,留下我在那儿发呆。

林老师又走过来,递给我一个小纸包,微笑说:"这是太阳花的种子,你把它们种出来吧。"

我打开纸包,里面是一小撮黑乎乎的、针尖大的小种子。我点点头,郑重地答应了。

我上网搜索太阳花的习性与种植方法,去地里选了最好的肥土，用筛子筛过好几遍，然后把这些小种子均匀混土再撒下。怕浇水冲跑种子，我用护肤喷雾瓶给种子宝宝们喷水滋润，然后放在树荫处，避免阳光直射。忙完这些已快到中午，我全身汗透，却不觉辛苦，只有满心的兴奋与期待。

两三天后，薄薄的覆土上钻出细如丝发的小苗。我很开心，更是精心呵护。

一天早上，我推开房门，老远就看见太阳花花盆那儿有一星红色似在闪烁。我跑过去看，太阳花终于开出了第一朵！红色花瓣半开半拢，泛着浅浅油光，粉雕玉琢般可爱。虽然花开满园，每一朵都比我的太阳花更大更艳，但在我心中，谁都比不上这朵普普通通的太阳花美！

我突然理解了《小王子》里的话："也许世界上有五千朵和你一模一样的花，但只有你是我独一无二的玫瑰。你在玫瑰花上耗费的时间，使你的玫瑰花变得如此重要。只有用心灵才能看清事物的本质，真正重要的东西是肉眼无法看见的。"

我用心培育，不期待、不对比，帮助这些小小的种子钻出黑暗。当它迎来光明与绽放时，我感到满心的幸福。

我想起了林老师说的那棵月季花。从播种到发芽，每一次长叶，每一次抽枝，每一次开花，她都用心培育，看着它们长大。这不就像父母看着自己的孩子，从咿呀呀呀的小宝宝，长大成人的过程吗？

我终于明白了：园丁之心，就是父母心！

林老师走过来，笑眯眯地看着我，说："现在明白什么是园丁之心了吗？"

我没说话，捧起那盆小小的太阳花，递给林老师，她笑了。

林老师说：

有本书叫作《园丁与木匠》，里面说："照顾孩子就像照顾花园，父母就像做一个园丁。"

园丁与木匠的区别是什么呢？让我们想象一下，假如把孩子当花木来养，你会以怎样的心态面对他们呢？

不管养什么花，种子是关键。每个孩子都是上天赐予我们的一颗种子，他们来到我们身边，带着各自的天性。

多肉随便放养，兰花要小心呵护；竹子一天可以长一米，紫檀百年方成材。但竹子随手可得，檀木千金难觅。

花木品种不同，养育方法也不同。我们无法将别人养荷花的经验，搬到自己家的仙人掌上。

每种植物都有其独一无二的美好。正如有些孩子能力强、志向高，就像松树、白杨，长在高高的山间与遥远的田野，注定要成材。有的孩子平凡普通但朴实善良，就像苹果、橘子，能常在身边滋养人心。

甚至我们以为无用的花草，可能是珍贵的中药材。药铺里那些治病救人的良药，说不定就是路边你不屑一顾的野草。

父母是园丁，使命是因材施教，培育好每一株幼苗。愿我们珍惜来到身边的那颗种子，帮助它长成最好的自己。

第四节

回首来时路

吃过早餐，我到茶室等林老师。

清晨的阳光斜照在茶桌上的白瓷花瓶上，两团粉蓝的绣球花，温柔垂首不语。光影交错间，茶香、花香，空气里若有若无的檀香，交织在一起。

林老师来了，我说："我想列个学习计划，看一些书，然后再向您提问讨论。您有什么教育类的书籍推荐吗？"

林老师说："为什么要看书呢？"

我微愣了一下，说："我觉得自己在教育方面还是个小白，很多东西都不懂。"

林老师说："看书不如先看自己。书是看不完的，最好的学习方式是参悟。"最后两个字，她加重了语气。

参悟？什么是参悟？

我犹豫地说："不过看书总是没错啊！"

林老师微笑道："看书当然没错，关键是'我看书'还是'书看我'。我看书，是有相对清晰的价值体系和认知框架，这时看书，书可以为你所用。书看我，是不知道自己有什么、要什么，抓到一本书就认为有道理，最后好多道理在脑子里打架，反而越来越迷惑。"现在教育书籍很多，经常听到有家长说，很多书讲得都有道理，但用到自己孩子身上，就不是那回事了。"

林老师的指尖轻点茶盘上的水珠，继续说道："为什么呢？因为方法是别人的经验总结，好比是数学公式。但这个公式不一定能直接套用到自己的应用题上。你得先读懂吃透自己的难题，才知道用哪个公式，以及如何运用。在实践过程中，你也会对公式的理解更深。如此两者结合，才能活学活用，把书读明白。"

我若有所思地说："是不是要在读懂自己、读懂孩子的前提下，再去借鉴别人的东西？"

林老师说："是的，就像做应用题，读题是解题的前提。你真读懂题目了，自然知道如何解题。"

我说："想读懂自己，该从哪里下手呢？"

林老师说："我建议你先写一份个人成长史。把你从出生到现在二十多年的人生，分为若干个阶段，写出每个阶段里对自己影响最大的事。包括由此产生的想法和情绪，以及对你的影响。字数、叙述方式不限，如何分阶段也没有一定之规。这是个人化的书写，目的是回看自己，对过往人生做客观梳理。"

林老师看着窗外，似乎在回忆什么："我曾经花一个星期，写了一份四万多字的个人成长史。我就像一位观众，看了一部由我自导自演的电影。写完后，我从未如此清晰地看到自己是个什么样的人。这个工作需要花费点时间，但请相信我，等你写完，一定会觉得值得。"

我有点困惑，说："从小到大很多事，不知道该写哪些，从哪儿写起。"

林老师递给我一杯茶，微笑地说："只要开始动笔，很多事情自然会流淌出来。顺着这条河，它会把你带到要去的方向。"

我立即翻开随身携带的笔记本，记下这几天的计划：专心写个人成长史。

林老师说：

养育孩子之前，先养育自己；养育自己，要先看到真实的自己。

教育的起点是自我认知，教育孩子的第一步是读懂自己。了解自己，才能更好地理解孩子。

通过书写个人成长史，可以梳理自己从出生到现在的关键事件，分析这些经历如何塑造了现在的自己。能客观地认识自己，是教育孩子的基础。

第五节

心灵放映厅

重新看自己

这几天我闭门不出，专心写个人成长史。第三天晚上十点，我合上电脑,看着窗外的点点星光,轻轻地吐了口气。两万三千字,终于写完了。

我身体酸累,内心却轻松畅快。好像走了很远的路,突然放下重重的行囊;又好像做了一个很长的梦,醒来时心清如镜、意静似水。

我写的时候用了第三人称"她",把自己切换成旁观者,去看这个叫晓光的人:

幼儿园时她最喜欢芳芳老师。芳芳老师胖胖的,总是笑眯眯的,抱着她的时候头发香香的。

芳芳老师经常表扬她,给她小零食。她喜欢和小朋友玩当老师的游戏,她想长大了也像芳芳老师一样。

小学二年级,期末考试拿回一百分的卷子。妈妈说,不要骄傲,继续努力!

三年级,有次忘了戴红领巾,她感觉天都要塌了,趴在课桌上大哭。她要被扣两分,还会影响班上评小红旗,她很害怕被老师批评,被同学嘲讽。

有一次题目很难,她考了七十三分。妈妈把卷子甩到桌上,猛一拍桌子,指着大红叉直吼,她哭了。

五年级时,她最好的朋友婷婷突然不和她玩了。她想方设法讨好,小心翼翼地把最喜欢的发卡送给婷婷。婷婷收下了,却还是对她不冷不热。

小学毕业典礼上,她被选为优秀学生代表上台发言。所有人都看着她,她紧张激动又骄傲,攥着演讲稿,小腿发颤,心跳如鼓。

中考时她发挥失常，只进了一所普通高中。父母唉声叹气，她把自己关在房间不吃饭，想到将来可能连大学都考不上，觉得未来毫无希望。

高中时，她暗恋班上成绩最好的男生，又不敢和他说话。有次看到他和一位漂亮的女生一起去食堂吃饭，嫉妒让她的心揪成一团。

读大二时，同系的学长阿杰向她表白。第一次收到玫瑰，她幸福得像花儿一样。那一天她觉得自己很美，所有人都很可爱。

有一年暑假在餐厅兼职，上菜晚了，客人当众大骂，说话非常难听。她站在那里手足无措，所有人都看着她，她心中充满羞恼与愤恨。

....

诚实面对自己的感觉很奇妙，就像在看另一个人，既熟悉又陌生。

当我把成长的碎片拼接，将记忆的断线连上，原本斑驳模糊的成长地图，逐渐从海底清晰浮现，我真切地看到：我成为现在的样子，都是有原因的。没有偶然，也没有无缘无故。我的善恶喜好，爱恨悲欢，幸与不幸，全在里面。犹如一条古老的河流，溯源而上，我看到了河流的源头。

参与这部电影的每个人和我一样，有各自的局限。我也好，父母亲戚也好，师友、恋人也罢，都有各自的命运轨迹。我们相遇在同一条河流中，顺流而下，曲折颠簸。

当我踏上河岸，回首再看，冰冻的河水悄悄迸出裂缝。我开始理解河流里的自己与他人，并接纳这一切的发生。

许多人像飞鸟与流水一般，来了，又走了。碰撞交集时，那些笑与泪、苦与乐，感觉多么真实啊。

此刻，他们又在哪里？

事如春梦了无痕。想起一首歌，《一场游戏一场梦》。我也体会到了林老师说的看电影的感觉，二十二年的人生变得恍惚起来。

那些事发生过吗？是的。

现在何处？找不到。

那些人来过吗？是的。

现在何处？不知道。

迷迷糊糊中，我沉沉睡去，一夜无梦。

滴水藏海

第二天早上在茶室里，林老师问我："写完后，你最大的感受和收获是什么？"

我想了想："最大的感受是如梦初醒，我从来没有这么清晰地看到自己。我为什么想当老师；为什么很在意别人的看法；为什么爱看书学习；为什么总疑心男友会离开我；包括我为什么会来您这里；甚至我为什么喜欢穿粉红色的衣服，这一切都不是偶然。原来答案早就写在这些经历里。"

林老师说："滴水藏海。一滴小小的水珠里，蕴藏着大海所有的信息。当你了解了这个原理再去看人和事，一切就会像透过放大镜般清晰可辨。一个人身上蕴含着整个人类的密码。一个人可以写尽所有人的一生。

"晓光，你可以尝试把自己当作人类的一个样本，去观察研究，了解人这个物种的身心特点。当你认识了自己，就可以推己及人，理解人性，自然也会明白什么是教育。教育的方法、技巧会信手拈来，自由创造。教育对你来说不仅仅是知识的传授，更是启发心智、塑造心灵的艺术。"

我听得两眼发光："真是这样！当我看到自己成长中的许多前因后果，好像就有点儿懂了该如何当个好老师。我发现不管是对小朋友，还是对自己和他人，我都太急躁了。机缘没成熟，急也没用，人的成长有他自身的节奏和规律。着急，是因为我不懂。

"还有，我总希望自己表现好，想把事情做好，获得别人的认可。这个想要好的'好'，就像一条无形的绳索牵着我，让我做了很多违心的选择。

"实习快结束时，我需要上一节公开课。我担心讲不好，就让孩子们提前排练。有几个孩子觉得无聊就调皮讲话，我提醒了好几遍都不听，又急又气就吼了他们。我现在都还记得他们惊恐的眼神……为了证明自己是好的，是优秀的，我教他们做假，还凶了他们。虽然最后公开课得到了表扬，但我那样做已经是不好了！

"我到底想要的是什么？又得到了什么呢……"

我的心情越来越低沉："还有父母。好的地方他们不会说什么，只要我哪里做得不好，哪次考得不好，他们就严厉批评，说是为我好。"

我又想起了男友阿杰，渐渐有些哽咽："我发现我也这样对待别人。有一次过生日，阿杰答应要陪我一起过。可是那段时间他找工作太忙给忘了，虽然第二天马上给我补了礼物，我还是很生气。以前过生日，其他的节日，他都用心对待，只是一次没做好，我就大发脾气。现在觉得自己好过分！

"我还在其他很多地方对他很任性，我也活成了自己不喜欢的样子。后来我们分手了，也不怨他……"

说着我低下头哭了，唉，真丢人。林老师没说话，轻轻拍拍我的背，递过一杯茶。

林老师说：

一个人的过去里，藏着他的现在与未来。写个人成长史是一种很好的自我认知方式，能让我们抽离出来看自己。

在书写的过程中，会将散乱的记忆和情感系统化，书写过程也是一种情绪释放和心理疗愈，帮助自己放下过去的包袱。只有真正了解自己，才能在教育孩子时避免无意识地重复过去的错误。

教育是人与人之间的唤醒，如果自己尚在沉睡，就不可能把智慧的光明带给孩子。

写个人成长史是以笔为刀，"解剖"自己的心灵，看到内在的黑暗无明。如果这些东西一直未被看见，它们就会成为育儿路上的绊脚石，将自己的烦恼误以为是孩子的问题，外界的责任。

第六节
我的烦恼与孩子无关

年轻时的林老师

向林老师倾诉了成长经历后,我感觉与她又亲近了许多。

傍晚,林老师和我在湖边散步。凉风吹来,身心舒爽,我开始好奇林老师的故事了:"您刚当老师时是什么样子?印象最深的是什么事?有什么经验要提醒我?"

林老师笑了笑,"我那时和你差不多",她看着远方的湖岸,开始娓娓道来:"记得读大学的时候,有次我坐在学校的草坪上休息,看到一位小宝宝摔倒了。草坪很厚,他并没受伤,妈妈赶紧抱起孩子又摸又哄,非常心疼,还使劲跺着草坪说,'都怪你把宝宝给磕到了!'旁边她的朋友劝道,'宝宝又没啥事,你至于吗?'这位妈妈说,'等你有了孩子就知道了'。"

林老师回过头,看着我说:"这个很平常的场景,引发了我的思考。三位女士看到孩子摔倒,这位妈妈产生的痛苦最强烈。因为这是她的孩子,她最爱这个孩子。我感到困惑,难道烦恼是因爱而生吗?爱的另一面是痛苦吗?既然如此,人类为什么永远在追求爱,一直歌颂母爱的伟大呢?"

湖岸的柳树垂下长长的枝条,偶尔有几片叶子落在水面,像小船一样缓缓飘远。

林老师看着远去的柳叶,仿佛在沉思:"我想,爱是不会有问题的,那问题出在哪儿呢?我很长时间没有找到答案。和你一样,毕业后我成为一名老师。有一天我在办公室,同事过来说班上有位男生和隔壁班的孩子打架,需要赶紧去处理。我赶过去,打架的是我班上的小飞,他鼻子还流血了。我又心疼又生气,问他们谁先动的手,隔壁班的男孩说是小飞先动手的。"

我惊奇地插嘴说道:"您当年也会急躁吗?"

"是啊,当时刚参加工作才几个月,很多事都没经验,"林老师笑着继续说道:"那一瞬间,我看到自己内心生起了心疼、焦虑等诸多情绪。怎么成这样?还流血了!校长知道会怎么看我?到时怎么和家长说?家长会不会怪我?各种想法和情绪在极短的时间内喷涌,我的胸口像压了块大石头一样,我需要做点什么转移这种不舒服的感受。"

痛苦里面没有爱

林老师看着远方的山脉,慢慢地说着,仿佛在讲别人的故事,我听入了迷。

林老师说:"我拿纸巾给小飞擦鼻血,抱怨他给我惹事,让他们都来办公室。话音刚落,我一下想起当年在草坪上看到的那一幕!仿佛时空倒退,我变成了那位跺草坪的妈妈!这个发现让我马上清醒过来，我蹲下来安慰了隔壁班的小男孩，让他回教室，我牵着小飞离开了。

"处理完事情后，我反复回想当时的感受，那个搁置已久的问题重新浮现，答案似乎清晰起来。

"当我看到小飞流鼻血时，仅仅是心疼的感受里有一点爱，后面由此产生的焦虑担心、抱怨指责乃至愤怒，都不是爱。"

"不是爱，那又是什么呢？"我问道。

林老师说道："当我看到小飞受伤流鼻血时，一下产生了很多情绪。我仔细观察，那些情绪就是一团不舒服的感受，不是真正的爱。小飞个头高，隔壁班的小男孩也被欺负了，可我当时毫无感觉，我本能地就只想维护小飞。因为小飞对我的影响更大，我心疼和维护他，本质是心疼自己，是想维护好与自己有关的人和事。"

傍晚的湖边，夕阳将天空染成一片橘红，波光粼粼地闪烁着。

林老师转过头，温和地看着我："如果看不清事实，就会一直在表象打转，把烦恼归结于孩子和他人。我们总想改变孩子，学习各种所谓的沟通方法。有时似乎有用，但解决了一个问题，又有新的冒出来。不管是老师还是家长，我们始终要认清一点：痛苦里面没有爱，我的烦恼与孩子无关。"

我和林老师并肩走在湖边的小径上，踩在厚实的大地上，我感到宁静而踏实。

孩子心中的理想妈妈

林老师微笑说：

"有人说，一个情绪稳定的妈妈是家里最好的风水。我曾问过许多孩子，'你们理想中的妈妈是什么样的？'

"票数第一的是'不随便发脾气，每天开开心心，能和我好好说话的妈妈'；第二的是'尊重我的自由，不会总是唠叨我、管着我的妈妈'。

"但是很少有人能做到。因为生气容易，情绪稳定难；控制孩子容易，控制自己难；批评孩子容易，反省自己难。

"晓光，当你与孩子互动时发生烦恼，请默念这两句话：痛苦里面没有爱，我的烦恼与孩子无关。

"有这句话打底，就能稳住心神，然后事情该怎么处理就怎么处理，甚至因为不受情绪影响，沟通会更顺畅，事情处理也更圆满。"

我点头说道："不只是与孩子，与任何人相处都是如此。"

我看着远处的山，慢慢往前走。回想我过去与家人、朋友发生的各种不愉快，几乎都是把矛头指向对方。总觉得我是对的，你是错的，我生气是有原因的。

但现在回过头看，即使有时争赢了，心里也并不真正开心，甚至还会后悔自责。

有句话叫"自寻烦恼"，烦恼果然是自己找来的呀！我是要证明自己是对的，还是要自在快乐呢？究竟是想要赢，还是要争个赢呢？

我们走着走着，夜幕悄然降临。几只野鸭子扑棱棱掠过湖面，天边一轮明月正圆。

林老师说:

不管是大人还是孩子,讲道理不如讲故事。当晓光对我产生好奇时,是讲故事最好的时机。

心理学里有个名词叫袒露,自我袒露容易拉近双方的心灵距离。讲自己的故事,再加上有价值的道理,对方接受起来就会轻松自然,并且加深关系的互动。

童年的泥泞中藏着成长的密码。用元认知重新校准人生导航,在"知行合一"的实践中,重塑真实、完整、自由的自己。

第二章

打破

重塑全新的自己

第一节

理解与接纳：走出童年的泥泞

意愿不等于能力

这几天我老是想起阿杰。写完个人成长史，我才发现他一直在我心里，没有离去。我想找林老师好好谈谈这个问题。

茶室的花瓶里，几朵新鲜的红玫瑰。阳光透过窗，洒在花瓣上，镀上一层柔和的金边。

我讲了我和阿杰的故事，急切地问林老师："为什么我明明很爱阿杰，在一起却总是忍不住和他吵架？为什么他明明对我很好，我却总是担心他会离开我？最后他真的离开我了，我既痛苦，又觉得并不意外……"

林老师笑道：

"爱，恐怕是这个世界上被误解最多的一个词。

"很多时候我们所说的爱，只是一种意愿或态度，并不代表有爱的能力。

"比如你很想扛起一百斤的杠铃，'很想'是一个意愿，就像你很想爱一个人，它只是引导你的心指向了某个方向。

"如果你的力气太小，或者技术不够，无论如何也扛不起杠铃。这就像很多人有'爱'的良好意愿，却没有爱的真实能力。"

林老师拿起茶杯，轻轻放在手心：

"假如你不放弃，锻炼身体，训练肌肉，学习举重方法，某一天你终将举起杠铃。那时你不仅有爱的愿力，也有爱的能力。意愿与能力的合一才是真正的爱。

"当你听到某人含情脉脉，说要爱你一辈子时，在那一刻他很可能是真心的，但他并不一定知道自己举不起杠铃。

"等到某天他实在举不动，或者坚持不下去时，你可以理解并原谅他，就像原谅一个拿不动妈妈的行李箱的孩子。

"很多人往往不知道自己的力气大小，或是为了交换，或是为了证明自己，会自信地拍着胸脯，请对方相信他是驾着七彩祥云的盖世英雄。最后没想到却一个筋斗，脸朝地从天上摔下来！"

我被逗笑了，端起茶杯呼呼地喝了两大口，悲伤的氛围也轻松起来了。

林老师说：

"有句话说，天下没有不爱孩子的父母。这句话需谨慎。除了少数父母本来就不爱孩子，我认为有些父母有爱孩子的意愿，却缺乏爱孩子的能力。

"心里想爱孩子，与让孩子感受到被爱，这是两件事。

"很多时候'我爱你'的意思是：此时此刻，我打算爱你。但未来能否持续让你感觉到被爱，这就无法保证了。或许那是一张永远取不出钱的空头支票。"

我追问:"那我应该如何具备爱别人的能力?"

林老师反问:"你爱你自己吗?"

我停顿了一会儿,说:

"有时我觉得很爱自己,会尽力去满足自己各种目标和欲望,但还是经常觉得自己不够好。

"当我对自己不满意时,就希望得到别人的认可,会通过讨好别人来获取自我满足感。即使暂时获得认可,这种感觉又转瞬即逝,好像总是不够。

"我的内心像有个黑洞,需要很多爱与肯定,却从来没有被填满过。"

林老师放下手里的茶杯,说:"自身羸弱的人无法举起杠铃,先爱自己,才会爱别人。人无法给出自己没有的东西。若连自己都不爱,怎么可能真正爱别人呢?"

我若有所思:

"我想起了一件事:有次我想让阿杰给我下碗面,又不直说,便一直暗示我饿了。阿杰正在忙,让我点外卖,我赌气走了,他还不明白我为什么生气。

"我当时需要的是吃饱,下面条或点外卖,都能简单地解决问题。我却非要绕个圈子搞复杂,结果饿着肚子还影响关系,实在太不值了。我不仅肚子饿,心灵更饿。"

林老师笑道:"这是一个很好的发现!回想一下,在你更早期的时候,还有类似的事情吗?"

我沉默了。窗外的阳光透过竹叶的缝隙洒进来,形成斑驳的光影,时光在这里变得寂静而悠长。

光影闪烁之间,我的脑海中突然浮现出一个情景:七岁的我,在孤独的夜晚,抱着小熊,哭着等爸爸回家。

我只想爸爸陪我十分钟

七岁的晓光坐在窗边,眼睛红肿得像两颗熟透的桃子。两个小时前,她问爸爸:你能回来吗?

手机静悄悄的,一直不回答。

她支着小耳朵听着门外,一次次地幻想着门会被突然打开,爸爸会将她最喜欢的糖葫芦藏在身后,笑着举到她眼前,给她一个惊喜。

天色渐暗,窗外的灯一盏盏亮起来,她的希望也一点点破灭。

突然手机响了,爸爸打来电话说今晚回不来,让她早点睡觉。短短几句话,让晓光的心一下跌到最低处。

前几天爸爸就答应过她,这个周末要带她去游乐园。可爸爸临时接了一个电话,说有事必须去处理,处理完了就回家。晓光很乖地点头说好。

第二天早上,爸爸穿上外套准备出门,晓光拉住他的衣角问:"爸爸,你今天什么时候回来?我们什么时候去游乐园?"

爸爸皱了皱眉,语气有些不耐烦:"晓光,爸爸工作很忙,今天可能回不来了。我的时间不是由自己决定的,你要懂事一点。"

晓光的眼睛红了,她依依不舍地松开手,看着爸爸的背影消失在门后。她站在原地,心里空落落的,像是被人掏走了一块。

晚上，爸爸终于给她回电话，电话那头传来爸爸疲惫的声音："晓光，怎么了？"

晓光的眼泪一下子涌了出来，她哽咽着说："爸爸，你能回来吗？我真的很想你。"

爸爸皱皱眉，这孩子今天怎么了，真不懂事。他有点烦躁，说："奶奶不是在家吗？"

晓光哭着说："我只想你陪我十分钟，好吗？"

爸爸匆匆地说："我现在很忙，晚点再打给你，在家听奶奶的话！"

晓光还想说什么，可电话那头已经传来了忙音，她放声大哭。

晓光她不明白，为什么爸爸答应的事做不到，她只想让爸爸陪她说说话，只要十分钟，爸爸都不愿意。

晓光的爸爸妈妈离婚了，妈妈去了很远的地方。她看着镜子里红肿的眼睛，关上灯，抱着小熊，带着泪痕，抽噎着睡着了。

早上，晓光睁开眼，爸爸正坐在床边看着她。她愣了一下，揉了揉眼睛，以为自己还在做梦。爸爸笑着摸了摸她的头，说："晓光，今天爸爸带你去游乐园，好不好？"

晓光的眼睛一下子亮了起来，她扑进爸爸的怀里，紧紧抱住他，生怕他会突然消失。

"爸爸，你真的会陪我去吗？"晓光抬起头问道。爸爸点点头，笑着说："当然，爸爸答应你的事情，一定会做到。"

在游乐园里，晓光玩得很开心。她拉着爸爸的手，咯咯笑得像只小喜鹊。

回家的路上,晓光靠在爸爸的肩膀上,轻声说:"爸爸,今天我好开心。"爸爸摸了摸她的头,笑着说:"以后爸爸会每天陪你,好不好?"

晓光开心地说好,脸上露出了幸福的笑容,举起手里的糖葫芦要递给爸爸吃。

突然间,晓光惊醒了,她看了看四周,窗外已经发亮,房间里空荡荡的,爸爸又去上班了。

哦,原来真的是场梦。

我可以去爱

地上一团团浸着眼泪的纸巾,我又擦去眼角的泪。林老师静静地听着我讲。

我流着泪说:"我终于发现了,我还是个小孩子,一直把阿杰当爸爸。小时候等爸爸回家的痛苦,和我等着阿杰来爱我是一样的。"

我忍不住又哽咽起来,林老师为我递过纸巾,轻轻拍着我的背。

我需要被爱与安全感,小时候爸爸没有给到我的,我希望从阿杰那里得到。

我也会付出,对阿杰也很好,但前提是他要满足我的需要。一旦在关系里感受到危机与不安,我就会恐惧、逃离,用吵架的方式去指责和求证。因为我不想再体验被抛在家的孤独与痛苦。

以前我从未觉得这有什么不对,现在才发现,原来这不是爱,是想填满心灵黑洞的索取与交换。

等我慢慢平静,林老师轻轻地对我说:"你现在不是七岁的晓光了,你已经长大了,可以去爱与被爱。"

她的眼睛温柔而坚定,力量仿佛传到我的心里。我擦干泪痕,微笑起来。

喝了会儿茶,手机响了,林老师出去接电话,接完对我说:"明天我有几个朋友要来,到时你也一起聊聊天吧。"

正觉得这段时间有点冷清,这下可以热闹些了。我响亮地说:"好!"

林老师说:

孔子说"不愤不启,不悱不发"。当对方没有疑惑或情绪激荡时,最好不要主动说教;当对方有了需要,主动求取,这时再伸手出去才有效果。父母少说不必要的话,孩子才更容易听话。

家庭、学校、社会,是影响人的三大教育体系,孩子越小,受家庭教育的影响越大。但我们不必将问题都推给原生家庭。如果让晓光爸爸来讲这个故事,或许他也是一个深爱着女儿的中年男人,有养家的压力,有很多身不由己的无奈。

处在痛苦烦恼中,每个人都需要慈悲。看见了,走出来——这是对自己、对父母最好的爱。

第二节

自我元认知：升级人生导航

苏丽的魔咒

第二天上午，我刚给花圃浇完水，就听到外面有汽车声和笑声。走出去看，是林老师和几个人在大门口说话，她的朋友来了。

我已提前把茶具洗好，大家进屋坐下喝茶。

来了三位客人：张阿姨和王叔叔夫妻俩是林老师的老朋友，另一位是张阿姨带来的新朋友苏丽。苏丽是一家培训公司的讲师，有个儿子在读初中。

苏丽个子不高，穿了一套深红色小西服，很热情，一说话就带笑。她在院子里转了一圈，称赞这里风景好，夸我泡的茶好喝。

今天人多，林老师请来村里的江婶做饭。苏丽问是否需要帮忙，江婶说不用。林老师请她不必客气，苏丽这才坐下来。

苏丽很快就成了全场的中心，她坦诚而健谈，说话像开了两倍语速。她说自己出身农村，有两个弟弟，初中毕业后就没读书，在本地一家酒店当服务员，后来与同事结婚，开了家小餐馆。她年轻时几乎没有任何娱乐活动，每天脑子里只有一件事——挣钱。

后来她的餐馆越开越大，但她发现有钱之后，除了一些虚名外，并没有为自己带来真正的价值感。甚至因为她太想挣钱，反招来别人的欺骗敲诈。

另外，繁忙的工作让她夫妻关系冷漠，孩子成绩也不好，后来导致她陷入深度抑郁。

痛定思痛，加上前几年生意也难做，苏丽便转让了餐馆，一脚踏入身心灵领域，想弄明白自己到底是怎么回事，为什么活得那么痛苦。

苏丽叹了口气，说："这些年，我上了几十万元的课，状态比以前好多了，我也成了可以给别人讲课的导师。但是不知道为什么，我的心仍然无法真正静下来，必须不停地忙碌折腾，否则总觉得哪里不对。"

她又看着林老师，问道："我觉得自己讲话语速太快，很浮躁。为什么您看起来这么宁静？您是怎么做到的？"

林老师放下茶杯，沉默几秒后，轻轻问道："你是不是对自己一直都很不满意？"

我惊讶地看到，就是这句话，让苏丽竟突然泪流满面。

苏丽诚恳请求林老师带她看清内心。接下来一个多小时里，林老师由浅入深地提问，苏丽诚实回答。

像一层层剥洋葱，这几十年来，影响苏丽各种选择的核心信念，终于从心灵最底层浮出来："我是个没有价值的人。"

当她无力地说出这句话时，整个人哭得瘫软在沙发上，张阿姨轻轻拍着她。

这一幕让我看呆了。一个多小时里，我像看了场悬疑电影，当这个一直潜伏在苏丽心灵深处的"贼子"终于现形时，在场所有人都唏嘘不已。

"我是个没有价值的人",这个认知犹如一枚思想钢印,又如同顽固的病毒,烙在她心上,寄宿在她身体里。

这句话是魔鬼的诅咒,让苏丽无数次陷入痛苦的深渊,并左右着她的人生选择及命运走向。

人的心理很有意思:一方面给自己下了魔咒般坚固的判断,一方面又极不甘心这个判断,只要一有机会,就试图用各种策略解除诅咒。

所以我们会一方面觉得自己不够好,一方面又拼命在人前证明自己足够优秀;一方面觉得自己不值得被爱,一方面又不停地要求对方爱自己。

失败后,还是觉得自己不够好,不够努力,然后变个花样继续奋斗,就像抓着自己的头发想让双脚离地。

人啊人,一辈子活在左手搏右手的纠结痛苦中。

我不够好

回到房间,我的心久久不能平息。今天的信息量太大,我也受到了冲击。

作为旁观者看别人的故事,格外触目惊心。苏丽痛哭时,我也忍不住流泪了。我想到自己何尝不是这样,从小到大,总觉得自己不够好。

"我不够好"——就是我的"魔咒"。

我内心的害怕、焦虑、嫉妒,就是因为觉得自己不够好。因此我既被人伤害，也伤害过别人。

当我以伤害别人的方式得到想要的结果，却发现并没有想象中那么满足。快乐的感觉转瞬即逝，却留下长久的懊悔。

我本想让别人觉得我好，但我都不喜欢自己，别人又凭什么喜欢我？唉，真可笑啊！

第二天早上，我看到苏丽正在给月季花拍照。她似乎有些微妙的变化，少了昨天略带夸张的热情，有了几分松弛感。

我心想，林老师太厉害了，苏丽接下来一定会有更大的改变。她有几年的身心灵学习基础，现在又找到底层原因，应该会迅速调整。

但后面几天，我发现苏丽并没有太大的变化。她看起来依然神情外散，似乎注意力总在外面的人、事、物上漂移，无法聚敛回到自身。

苏丽是个好人，她很容易关注到他人的需要，遇到事总会第一个跳出来做点什么。

有趣的是，她这种态度反而降低了别人对她的价值感，甚至一向能干的江婶都让她去厨房炒菜了。

自我元认知

下午大家在茶室聊天，谈起自我认知的话题，林老师说：

"自我认知，是人对自己的定义、定位及价值判断，简单说就是我认为自己是个什么样的人。

"在多个自我认知中，通常有一个或几个对人影响极大的底层认知，叫作自我元认知，它是我们日常很难觉察到的思维预设。

"比如有人总是在社交场合反复确认他人是否认可自己，这个行为背后的预设是潜意识里认为自己难以获得他人的真正接纳与喜欢。

"如果他从自我元认知层面笃定自己是值得被喜爱、被尊重的，便不会在日常社交中频繁寻求外界的肯定与反馈，而是会以更从容自信的状态与他人相处。

"反者道之动。明白了这个原理，就会发现世界是反的，表象与表象背后的预设是相背离的。

"自我元认知是对自我最重要的核心判断。它牢固而隐秘，不管是否意识到它的存在，它无时无刻不影响着我们的行为。"

张阿姨拍拍苏丽的手，笑道："是啊，就像丽丽，有才华有能力，又勤劳又善良，但是把能力与美好都拿去填补无价值感的黑洞了。"

苏丽感激地说："谢谢你们昨天帮我挖出心灵的毒瘤，不过我还是有点儿迷茫。要说迷茫什么，唉，我又说不太清楚。"

林老师笑了笑，说："我看到中午你去帮江婶炒菜了。"

苏丽说："是啊，反正也没费多少工夫。我就是有点儿纳闷，为什么这么多人，江婶就找我去做事？难道她看出来我以前是开餐馆的？"

大家忍不住笑了，她一脸的困惑。

林老师笑道："江婶这不是满足了你的心愿吗？昨天你一来，就好几次问她要不要帮忙，还说想炒个菜。江婶就认为你很喜欢做菜，今天就叫你去做事了。这是你用行为教会她的呀！"

苏丽说:"我是做餐馆出身的,早就做够了,并不是真喜欢。我是觉得我们本来素不相识,你这样招待我,让我很不好意思,所以就想用做事的方式来平衡内心。"

林老师说:"我请你吃饭是我的选择,与你做不做事没有关系。既然我做了这个决定,就意味着我愿意这样对待你。说值不值得,都落入下乘了。"

苏丽的眼泪又刷地下来了。

大象与骑象人

晚饭后,我和林老师去湖边散步。我终于有机会提问了:"为什么苏丽明明看到了那个'魔咒',却还是很难改变呢?"

林老师说:

"虽然她初步看到了底层的自我元认知,但是她对'我是有价值的'的体验感受却是全然陌生的。

"无价值感伴随了她几十年,这种感觉太熟悉了,一下子要改变很难。因为我们活在自己的感受中,感受是生命最大的驱动力。

"在做选择时,如果没有足够的觉知,我们通常会习惯性地跟着感觉走。然后再用头脑给自己的行为找理由,还以为是我在做选择,我是自由的,其实不过是感受的奴隶。"

我说:"我想起高中时,因为坐姿不对导致脊柱侧弯,医生把X光片给我看,教我矫正动作。我也很想调整,但仍然习惯趴在桌上歪着头写字。因为这样才觉得舒服,按医生说的坐姿很难受。原来心的矫正也一样啊。"

林老师说：

"头脑认知与体验感受的不一致，导致我们懂得很多道理，却仍然过不好这一生。即使理解某个观念的意思，但是缺乏相应的感受，头脑就指挥不动身体。

"好比一个人骑着大象，人想指挥大象向东走，但大象偏要往西走。所以有人说，知与行之间，隔着一个太平洋的距离。"

我问："那怎样才能知行合一，让大象听话呢？"

林老师笑道："明天再讨论这个问题吧，现在先让这两头大象打道回府吧！"

我哈哈大笑，惊起了宿在湖边树梢上的鸟，呀呀地飞走了。

后来我想，如果我在某个公开场合听到苏丽阿姨讲课，一定会很崇拜她，她能说会道，人又那么好。当然不是说她现在不好，而是我好像看到了另一面，那种感觉是——大家其实都一样。

光鲜亮丽的人可能有自卑的黑洞，平凡普通的人可能有宁静淡然的心态。以前我容易崇拜站在台上的人，习惯仰视别人，想象别人比自己好。现在发现，那个站在台上的人，可能也是这样看别人的。

林老师说：

别人的故事是我们的教材。在别人的故事中，参悟自己的人生，这种往往比直接讲道理更有说服力。

父母在教育孩子时，在不影响交流的前提下，不妨多带孩子参加一些大人之间的聚会活动，回来后再与孩子交流观点。在家庭与学校教育之外，加入一些有益的社会教育成分，将会丰富孩子的精神成长需要。

第三节
知行合一：做到才是知道

看人其实很简单

我和林老师站在大门口，目送着张阿姨的车消失在山路拐弯处。我说：

"唉，我刚才很想去抱抱苏丽和张阿姨，但还是不好意思。相处这两天，我能感受到她们对我都很关心。她们要走，我既不舍又感谢，就想用行动表达一下。

"可是我从来没有主动拥抱过不太熟悉的人，而且我抱她们俩，不抱王叔叔，好像不太好，抱王叔叔好像也不好。正在纠结中，他们就上车走了……"

林老师大笑："训练知行合一的好机会没抓住呀！"

我眼睛一亮："昨天还说要继续聊这个话题呢，正好请您分析一下，遇到这种情况我该怎么做？"

林老师说："先说说你的知与行哪里不合一？"

我说："我的想法是，我应该上前去拥抱他们；我的做法却是站在那里没有行动。"

林老师说：

"勇敢是什么意思，大家都知道，难的是如何在具体的情境中做出勇敢的选择。

"知道，不一定会做到；做到，一定是已经知道。就像所有的花不一定都能结果，但所有的果实都曾经是花——当然无花果除外，哈哈。

"回到那句老话：不要看他怎么说，要看他怎么做。一个人的所作所为，才是他的'知'真正到达的层面。

"不要听人说很幸福，要看笑容是否发自内心；不要听人说很能干，要看能不能解决一个又一个问题；

"不要听人说很爱你，要看为爱付出了什么，放弃了什么；不要听人说有毅力，要看常年主动坚持了什么。

"明白了这一点，看人、看自己其实很简单，因为一切都清清楚楚摆在眼前。

"明白道理仅仅是开出了一朵花，甚至只是冒出一个小芽，不代表一定能结成果实。想要有结果，就要让芽和花不断成长壮大，去践行认知，历事练心。"

答案藏在行动里

我问道："具体如何做？"

林老师慢慢走到茶室，坐下来对我说：

"道理，是解决问题的参考建议，类似数学公式。但是我们在生活中遇到的具体问题各有不同，要代入同一个公式去解题运用，这可就难多了。理解公式与运用公式，是两码事。

"把困境当作生活抛给你的应用题，去反复练习。刚开始不会，做多了就会积累对公式的理解，然后带着新的理解继续做。"

我听入迷了，端起茶杯忘记了喝。

林老师说：

"话说回来。你说想成为勇敢表达爱的人，什么才算勇敢？就是能面对、克服内心的恐惧，做出利人利己的正确选择。

"他们要离开，你很想去拥抱送别，又不敢行动。这就是你当下的应用题，可惜没有解出来。

"头脑里的想象总是容易让人恐惧，破除恐惧的诀窍也很简单，那就是用行动去回应它，消融它。

"你刚才问我具体如何做，没别的办法，秘诀就简单两个字——去做。"

我捂嘴想笑，这不是"听君一席话，如听一席话"嘛。

林老师看出我的想法，笑道：

"恐惧源于对未知事物的不了解。因为不了解，所以有各种猜测，越猜测越恐惧。

"但行动的结果往往只有一个：或是好，或是坏。是好是坏，至少可以当下明确。明确之后反而可以走出下一步，去面对新处境，再想新办法。不必担心山重水复疑无路，或许前方柳暗花明又一村呢。

"对你的性格而言，很多时候要先下一步棋再说。走一步，棋局就能盘活。一直不敢动，也许能避免坏处，但更可能把好处也推开了。"

我恍然大悟：道理不是说教，它是一种算法，是前人通过经验

"大数据"得出的某种策略。

只要把道理的账算明白了,行动的意愿将大大提升。果然是认知在哪一层,行动就在哪一层啊!

来,抱一下

正在我兴奋时,林老师突然放下茶杯,站起来说:

"来,抱一下!"

我瞪大了眼睛,心跳得咚咚直响。

虽然在我心中,林老师早已是可亲可敬的老师和朋友,但不知为什么,猛然间要去拥抱林老师,我觉得比拥抱张阿姨她们更不好意思。

不过既然错过了星星,为什么还要再错过太阳呢?不管现在面前这个人是谁,其实我要拥抱的是那个勇敢有爱的自己!

我很快定下心神,一步步向林老师走过去。

我的心越跳越快,一波一波的气血从心脏冲击到全身,手心有点冒汗。但我还是牢记着要勇敢的信念,走到了林老师面前。

林老师张开双臂,微笑地迎接我。

我轻轻地拥抱了林老师。林老师像妈妈一样温暖,又比妈妈的怀抱更轻盈、包容。我感到一股暖暖的力量从脚底上升,弥漫全身。

我眼眶发胀,眼泪流了下来,轻轻说道:"谢谢您。"

原来,人对自我的认知与定义,是由行动创造出来的。勇敢自信源于我敢于行动,并获得了成功的体验。今天我给了自己一个新的定义:我是可以勇敢表达爱的人!

当我有了行动，就会带来新的感受。新的感受像水一样，注入空洞的"勇敢"之杯，让这个名词变得具体起来。现在我知道了什么是勇敢表达爱，因为我做到了！

林老师说：

父母和老师们，在引导孩子的过程中，要鼓励他们留意观察自己的体验和感受。

有个简单的模式可供借鉴：先创设某个情境，鼓励孩子去体验，然后引导孩子观察感受，最后再一起总结产生的新认知。

新体验会带来新感受，新感受产生新认知，新认知带来新选择，从而获得更多的自由。

行动是关键，能走出第一步是前提。讲再多关于梨子的道理，不如亲自尝一口梨子的滋味。

第四节
实事求是：找到自己的路

一朵小野菊

有了行动带来的力量，我感觉自己的心更柔软开放了。

晚上散步时，我像小女生一样，调皮地挽起林老师的手臂。我笑着说："做个勇敢表达爱的人，原来这么快乐自在！"

林老师笑道：

"是啊，这一切源于用脚迈出关键的第一步。所以，知行合一的诀窍就是去做！

"'勇敢'这个名词，以前对你而言是空洞的文字与概念，现在是怦怦的心跳，急促的呼吸和坚定的信念，以及内心的力量与自信。

"之前你用思维认知它，现在是用身体认知：你的眼睛在看着对方的脸，耳朵在听对方的呼唤，双脚在前行，手臂在张开，身体在拥抱。

"现在你是通过眼、耳、鼻、舌、身、意，六种感官共同参与，去理解勇敢的意义。"

林老师在路边摘起一朵黄色的小野菊，递给我："你看，各种色彩、声音、触觉、气味，以及你的情绪、感受、认知，多种感官的无数信息在这一刻融入了你，形成记忆，从此成为你生命的一部分。这样得到的信息，比只用头脑想象，不知道要丰富多少倍！"

我接过这朵小野菊，深深地看着它，拿到鼻尖，闭上眼慢慢地呼吸，肺叶间涌动着芬芳。

林老师说：

"为什么中国文化里常说'体验'这个词，'体'字在前，意味着先用身体去验证，这是'知'的更高级体现。

"用实践体验去认知，是对思维认知的再检验、再认知。一个真正勇敢有爱的人，不是由头脑里一大堆名词概念堆砌出来的，而是他的生命中有许多勇敢与爱的体验。

"没有勇气就没有行动。到了'行'这一步会发现,我们不应一味强调谦虚好学、聪明善良等品质,而忽视了勇气对人的重要性。"

更新与清空

我边走边说:"有时我会区分不清很多词的界限,比如善良与老好人,谨慎与保守,勇敢与蛮干。遇到具体情况该如何判断呢?"

林老师没有直接回答,她说:"金庸小说里有个情节——张三丰教张无忌武功,让张无忌学一招忘一招,等张无忌把前面学的招式全忘光时,张三丰告诉他已学成。你怎么理解?"

我想了想说:"我想起爱因斯坦那句话——当你把学校里学的东西都忘记后所留下来的,那就是教育。"

林老师微笑点头,说:

"前面我们需要用行动去体验道理,后面还有一步——把这些道理都忘掉。

"就像在黑板上写字,写完了就随手擦掉,让黑板始终保持清空状态。

"别人的道理是别人的,你要找到自己的道理。道理由你创造,就在你心中。那时就没有道理能束缚你,又无一不合道理。运用其妙,存乎一心,手中无剑,心中有剑,飞花摘叶皆可是剑。

"到了这一步,就是王阳明说的吾心即天理,孔子所说的随心所欲而不逾矩。"

林老师说着,弯腰拾起一块小石头,瞄准远方,侧着身子,扬起一个优美的弧线。小石头在湖面上嗖嗖嗖地蹦远,打起一条长长的水漂。

我也忙找石头玩,乐得咯咯笑。

林老师直起腰,拍拍手上的尘土,慢慢往前走。她唱起《楞严一笑》,歌声清越:

> 此事楞严尝露布,梅花雪月交光处。
> 一笑寥寥空万古,风瓯语,迥然银汉横天宇。
> 蝶梦南华方栩栩,珽珽谁跨丰干虎?
> 而今忘却来时路,江山暮,天涯目送飞鸿去。

从小到大,我被很多道理、规则、观念所影响。应该这样,不应该那样,好像被捆着绳子般不自在。我之前从没有想过,这些道理是从哪里来的。甚至有时头脑里的道理相互打架,不知道该听哪一个。

现在我明白了,道理是拿来用的,但不能把道理一直捆在身上。

林老师送的四个字

散步回到茶室,我们泡茶解渴。

我喝了一大口,说:

"小时候,有一次家里来了一位叔叔,爸爸让我问好。我不认识他,还要挤出笑脸打招呼,这种感觉很不自在,我就没有说话。等客人走后,爸妈一起骂了我,说我没礼貌,让他们没面子。

"我哭了,一个人跑到外面天黑才回。后来为了逃避打招呼,我宁可躲在外面，等客人走了再进门。

"这件事让我后来多少有点害怕和陌生人打交道。或许也是这个原因，我更喜欢和小朋友在一起，他们让我感觉更安全踏实。"

林老师说：

"对有些性格敏感的孩子来说，往往先有熟悉与安全感，然后才有进一步交流。合适的方式是让孩子熟悉客人后，自然而然地表达。

"但是成人的世界往往没有那么多耐心。孩子在教化中习得社会规则，长成大人后接过父母的接力棒，成为下一批制定并执行规则的人，忘了为什么要有规则，为什么要跟着规则走。

"错误的教育，往往是让人服从社会要求，远离自己真实感受的过程。"

林老师用竹镊轻轻夹起浮茶，说道："但感受是无法压抑的。时间久了坚持不住了，于是厌学、惰化、离职、分手。所以现在越来越多的孩子讨厌上学，待在家里打游戏。"

我说："还有呢！网上有人说现在的年轻人，在上班与上进之间，选择了上香。"

林老师笑道：

"选择上香这条路也不容易啊！

"比如很多人修行，遇到被人欺负，本来很生气，一想到自己都在修行了，就劝自己要放下，并自我安慰说这是应该承受的因果。但愤怒的情绪却不听劝，不舒服的感受依然那么明显，于是就怪自己根器太浅。

"还有很多父母，一会儿认为这位专家讲得有道理，一会儿又觉得那个专家说得也不错,但方法到自己孩子身上就没用了。那就是自己理解不到位,或者方法不适合,然后继续找下一位更厉害的专家。"

我说:"您说的这些现象很常见。我实习的单位有位妈妈,每天打卡上亲子关系课,坚持了一年,孩子看她仍然像仇人一样,成绩也很糟糕。她越学越烦恼,越烦恼越要去学,好像陷入某种循环。"

林老师说:"如果脱离自己当下的实际情况去学习,我们的头脑会沦为别人观念的跑马场。"

我赶紧拿起蓝色的牛皮笔记本,望着林老师说:"这句话讲得太好了!您再说一遍,我要记下来!"

林老师笑道:"看看,又来了一个跑马场。"

我醒悟过来,放下笔,不好意思地笑了。

林老师给我添新茶,一室幽静,只闻叮咚茶水声。

林老师说:"用心去听,不用记笔记。关键是如何把别人的东西,变成自己身心的一部分。就像我们吃饭,得嚼烂、消化,变成自己体内的营养,才能滋养血肉身躯。"

我点点头,端起茶杯,慢慢感受茶水滋润着身体的舒畅。

到林老师写书法的时间了。她走到书房,铺开宣纸,饱蘸浓墨,执笔悬腕。沉吟片刻,四个饱满有力的大字跃然纸上:

实事求是。

我拍手赞叹。林老师笑道:"喜欢的话,就送给你当个温馨小贴士吧!"

我道谢,开心地接过来,又好奇地问道:"这四个字不是经常出现在政府大门口吗?您为什么要写这个?"

林老师低头继续写字,说道:"这四个字看似简单,实则不易,它是心法。慢慢悟吧!"

我收起字,不再打扰林老师,回房间后把"实事求是"贴在了床头。

我盯着这几个字,想起有次我给一个小朋友讲题,当他第三次做错时,我生气地说:"你不应该总是犯同样的错啊!"

我认为他不应该又做错,但事实是当时他就是不会做。是我的"应该"更重要,还是他的实际情况更重要?

林老师送我这四个字是想告诉我什么呢?我还是不太懂。哎,也许"实事求是"就是从承认"我不知道"开始吧。

难忘的生日礼物

清早走出房门时,晨雾还没散尽。我突然发现我的窗台上有一大瓶鲜花!鹅黄的月季,粉红的绣球,芬芳浓郁的金银花、栀子花,朵朵娇艳可爱,花瓣上还有晶莹剔透的露水。

更让我惊喜的是花瓶旁边还有一盒精致的檀香,下面压着一张烫金贺卡,打开看,是几行清秀的小字:

亲爱的晓光:

又是一年花开时。记得你初来时,满腹疑惑与求知欲,如今已能在茶香中静观己心。

生日是回望与展望的节点,愿你继续探索,认识真实的自己。送你一方檀香,愿你在纷扰中守住内心的澄明。最好的礼物不在别处，而是成长路上收获的智慧与勇气。

祝你生日快乐！

林老师　于茶香袅袅处

哦，今天是我的生日，差点儿忘了！我欣喜地抬起头想找林老师，见她正笑吟吟地走来，对我说道："生日快乐！你妈妈昨晚给我打电话了，拜托我今天带你去吃饭，中午我请你去旁边的山庄吃大餐吧！"

我开心地笑道："没想到妈妈和您'串通一气'给我送惊喜呢！"

山庄离这儿不远，开车十分钟，是湖边的一个农家乐。快下车时，林老师接了一位家长的电话，让我先下车去点菜。

我心情很好，走了几步就看到餐厅。虽然不大，但整洁雅致，门前花草郁郁。

一位拿着扫帚的大婶走出来，我和她打招呼："您好，我想进去看看，一会儿有两个人在这儿吃饭。"

大婶声音洪亮又干脆地说："我要扫地。"

我愣了一下，说："没关系，您扫您的地，不影响我。"

她说："你进来坐在这里，我怎么扫地？"

我这才明白她的意思，有点儿不高兴："您是要赶我走吗？"

她态度坚定地说："你在这儿我没法扫地。"

我恼了，说道："你不是老板吧？去把你们老板叫来！哪有这样做生意的！"

大婶有点儿心虚，仍然硬嘴说道："我又没说不让你进来坐，我扫我的地,你要坐就坐,怎么这样不讲道理呢?"

我火冒三丈,瞪着大婶,又不知如何回应,心气得怦怦直跳。这时林老师走过来,迅速带走我,大婶犹在身后喋喋不休。

我边走边愤愤道:"这样的店迟早要关门!"

林老师带我上车,在附近重新找了一家小饭店。菜上齐了,林老师夹了一只鸡腿送到我碗里,笑眯眯地说:"今天是我没有选对地方,影响你过生日的心情了。"

我不好意思地说:"是我当时没控制住情绪。不过我实在不理解那位大婶,为什么放着生意不做,要把客人往外推呢?"

林老师笑道:"这位大婶显然不是老板,应该是请来打扫卫生的,做多少事就拿多少钱。也许她并不是针对你这个人。咱们去的时候还没到饭点,如果你进去踩脏了,她要重复劳动,却没有额外的收益。客人消费了,她也不能多拿钱,所以她才那种态度。"

林老师的话化解了我的困惑与懊恼。

我啃了口鸡腿,说道:"您这样分析我就能理解了。当时很生气,现在好像又有点儿后悔。"

林老师说:

"记得我送给你的那四个字吗?——实事求是。大婶不欢迎你进门,这就是你当前要面对的'实事'。

"遇到这种情况,可能有人会说你不应该生气计较;有人说你应该率性而为,做真实的自己,想吵就吵。你的脑子里有很多观点在打架,在赛马,是不是?"

我直点头。

林老师放下手中的筷子,说道:

"面对不同的观点和做法，思考抉择的过程就是'求是'。求是的第一步是先找到自己的基点：我到底想要什么？

"如果你想要的就是自己爽，那你想生气就生气，不必在意别人的感受。

"如果你想要的是和谐的关系，就可以尝试学习情绪管理，心情不好先一个人去待一会儿，就算实在忍不住爆发了，事后再去沟通就好。

"如果想给别人一个教训，你甚至可以假装暴怒，让他明白伤害别人就是伤害自己。

"你有很多选项，但不管做什么选择，前提是要有清晰的觉知，明白你是什么，你要什么。清楚之后再行动，如此才能坦然、自洽。

"最重要的是，你要找到自己的路。

"人最怕的是又贪心又迷茫。既要这，又要那，还不想承受相应的结果，最后啥也没得到。"

我说："回顾这件事，我想要的是什么呢？我既不敢直接放开胆子和她吵，也做不到心平气和地讲理，或者无视离开，好像什么也没得到。"

林老师笑道："下次遇到这种事，你可以直接吵一架。"

我吓一跳："这样可以吗？我好像从没在外面和别人吵过架，还没张口我自己就先慌了。"

林老师笑道：

"只要清楚自己在做什么，不带情绪，当然可以吵一架呀。说不定还能让老板调整管理，帮大婶以后做得更好呢。

"如果会学习，当众吵架也是很好的训练机会。这很考验人的情绪掌控力、思维敏捷度和逻辑、口才。会吵架的人都是有点功夫在身上的！"

我又被逗得哈哈大笑："原来大婶是来给我送礼物的呀，是我没接住啊！"

林老师也笑了，举起杯子："生日快乐！干杯！"

林老师说：

从小到大，我们的孩子总是被教育要听话，要文明有礼。然而，人们很少意识到，"吵架"也是一种能力，很多人的过度礼貌不过是被包装的懦弱。

处于危险时，敢于还击是必不可少的能力，当然在这个故事里并没有到这个地步。人要有自己的"能力工具包"，各种各样的"工具"都要备上，可以不用，但不能没有。

什么是实事求是？实事，就是直面当下的真实状态，当下发生了什么，自己的感受是什么，烦恼是什么；求是，就是清晰自己当下想要什么，然后以此为前提做出合理的选择。

应该如何是"应然"，事实如何是"实然"，这两者之间往往隔着距离。我们做决策时，是基于"应然"还是"实然"，各有利弊，需要在实践中找到自己的路，自己的答案。

第五节
爱是看见

看不见的伤害更可怕

林老师说这几天还有其他朋友要来,吃完饭我们就顺道去镇上买些蔬菜和日用品。这是离山上最近的小镇,开车二十分钟左右。

走进一家杂货店,林老师买厨房调料,我要买洗发水。

"妈妈,你爱不爱我?"一个小女孩清脆的声音格外清晰。

我循声扭头,看到货架旁边有一位六七岁的小女孩。她大大的眼睛,趴在水果筐旁边的矮桌上,咬着笔头,边写作业边和妈妈说话。她妈妈没回答,只顾打理货架。

小女孩继续问:"妈妈,你爱不爱我?"

"你说呢?"妈妈码着牛奶,拉长尾音逗她。

"我说你不爱我。"小女孩说。

"为什么咧?"妈妈有些好笑。

"因为你更爱姐姐。"

货架遮住了小女孩,我看不见她的表情,却听得见她的低落。

"姐姐都远嫁了,又不在我身边,我怎么更爱她呢?"妈妈没有停下手中的活。

"那你爱不爱我呢？"

小女孩固执地想要一个回答。

安静无人的小店里，孩子急切而稚嫩的声音清晰似水。

我看了一眼林老师。林老师也停下了手里的事，看了一眼我，又看看小女孩。

我的心似乎被系上了一根细细的丝线。顾不上挑选东西，站那儿发呆，有点紧张，想听到妈妈的回答。

"我不爱你。你不听话，又不好好学习，我凭什么爱你呢？"

妈妈把洗衣液塞到更高的货架上，半开玩笑，半轻描淡写地说道。

小女孩再没有说话，轻声嘟哝着什么，我的心微微扯痛。

这时林老师走上前，微笑打招呼，请这位妈妈走进去，好借一步说话。

我跟着走过来，这时才仔细看清那位妈妈。

她系着蓝色的棉布围裙，四十多岁，一位普通的家庭妇女，小杂货店的老板娘。

林老师介绍自己是老师，化解了她的诧异，微笑着对她说："我知道您很爱您的女儿，不过建议您以后遇到孩子提这种问题，最好别和她开玩笑。她还小，会当真的。"

说话间，小女孩过来了，仰着头好奇地打量着我们。我蹲下来和她打招呼，夸她可爱。

林老师看了看妈妈，又微笑地看着小女孩，对妈妈说："小朋友这么可爱，您一定是很爱她的。"

我懂林老师的意思，她希望借此搭桥，让妈妈自然地说出小女孩想要的回答。

很遗憾，也许这位妈妈不习惯这种表达，更或许是她从来没说过"我爱你"三个字，望着女儿热切仰视的小脸，她有点不知所措，依然沉默。

气氛有点尴尬。林老师笑了笑，向她们母女打了个招呼，走向收银台。

收银员应该是小女孩的爸爸，一位更加沉默的中年男人。

林老师问某某路怎么走，还不待他回答，那位妈妈赶紧走过来指点，眼神里有感激与热情。

回去时我们一路沉默，我的心仿佛被什么堵住，有点伤感。

我忍不住对林老师说："我在想那个小女孩，也想起了苏丽。或许苏丽小时候也这样问过父母吧。"

林老师轻叹了口气，说："看似平常的一幕，对小女孩却不平常。有些伤害，会因其无色无味而让人习以为常，甚至不知道是伤害。"

林老师手握着方向盘，目视前方，平静地说：

"在看似无事之间，种子被悄然种下，不知道未来是长出清凉的绿荫，还是纠缠的葛藤。

"也许在很多年后，小女孩和小男孩们，披上女人和男人的外衣，不断寻觅，努力证明，试图换取的就是童年某个夏日的午后，那个一直未听到的答案——宝贝，我爱你。"

汽车平稳地行驶在山路上，路旁的风景不断涌来，又消失不见。

我陷入沉思，不知不觉间，泪水从我的脸上轻轻滑落。

林老师说：

小女孩、晓光、苏丽，三人之间，仿佛有一条穿越时空的隐秘因果线，分别象征着一个人的过去、现在和未来。如果没有觉醒，看不清背后的走向，相似的命运可能就等候在前方。

教育最重要的功能之一，是要帮助孩子建构健康的自我元认知，回答一个永恒之问：我是谁？

许多家长会觉得这是高大上的哲学问题，与孩子当下的学习无关，其实它与孩子一生的幸福息息相关。

在漫长的人生航道中，如果没有清晰正确的"自我导航仪"，学再多知识，有再多能力，甚至道德高尚，都可能成为某个"魔咒"的炮灰。

而有了健康的自我元认知，生命就有了定海神针，可以朝着光明幸福的方向前行，有面对风浪的信心与勇气。知识不会可以自学，能力不够可以自我培养，遇到困难可以化解，重要的是这样的人生是充满创造力的，而不是与自我无意识搏斗内耗，不断重复命运诅咒下的轮回。

认识自己，是教育者一生的修行。

其实你不懂我的心

回山后，我午睡了一会儿。起来推开门，正打着哈欠，突然被一声清亮的"奥利给——"吓一跳。

一位小男孩正朝着我嘻嘻笑，旁边背着旅行包的女士忙拉过他，让他不要大声吵闹。小男孩一把抱住妈妈，把小黄帽扣到妈妈头上。

我走过去招呼，林老师听到声音也出来了。这位妈妈是林老师的同学唐秀兰，带着儿子小川假期旅游，路过这里来看看。

老同学见面格外亲切，大家说说笑笑坐到茶室。小川八岁，虎头虎脑十分可爱。大家聊天时，他在旁边凳子上又爬又跳，精力旺盛。

小川跑出去玩沙子，秀兰开启了吐槽模式。她性情爽朗，向林老师不停倾诉，说小川像有多动症，一刻也闲不下来，总是跑上跳下的，不爱学习就喜欢奥特曼。

看着秀兰拧到一起的眉毛，我感觉她很焦虑。

秀兰说：

"小川不爱写作业，特别是抄生字，让他多写一个字都不愿意。他又活泼好动，老师常批评他。小川说他不喜欢读书，也不喜欢学校。

"林老师，我知道你是教育家，你帮我看看小川到底是什么问题？会不会是多动症？当年我结婚你还去过呢，也算是小川的干妈啦！"

林老师笑道："聊一聊可以，但是先帮我把帽子拿掉。天太热，戴多了受不了。"

秀兰大笑，赶紧把小川哄进来，让他和林老师聊聊天。

小川也不拒绝，乖乖坐下，黑溜溜的大眼睛好奇地盯着林老师。

林老师笑眯眯地对小川说："今天咱们来开个小会，我当主持人，我们三人聊天，晓光姐姐旁听。你可以对妈妈说出你的想法，还可以对妈妈提三个要求。如果合适，妈妈都会答应你，好吗？"

小川一听连声说好。没等林老师话音落下，他的第一条要求朗声而出："我希望我说话时，妈妈听完了再说！你总是打断我，没听清我想说什么就批评我！"

秀兰不好意思地向林老师解释："确实我性子急，经常没听孩子把话说完就吼他。"

林老师笑了笑，问道："这一条你能做到吗？"秀兰点头说好。

"第二条，以后我想穿什么衣服就穿什么衣服，你不许老说我！我穿哪件衣服是有原因的！"小川郑重地说道，像个小大人。

秀兰又有点不好意思，说道："我是怕他有时不注意天气，天冷还穿很少，担心他感冒。"

小川马上反驳道："那我什么时候这样做了？"

秀兰噎了一下，想一想也确实没有，便不说话了。

小川气呼呼地说道："我才不会把自己冻病呢！你以为我喜欢上医院打针吃药呀！"

"那我是怕你早上找衣服耽误时间！"秀兰又想出一条理由。

"那我也从来没有迟到过呀！"小川说道。秀兰一时又说不出话来。

"还剩一条要求了，小川快想哦！"林老师笑道。

小川围着妈妈转来转去，不说话了。

"是不是没有了？"秀兰问他。

"不,是还有太多条了,不知道说哪一条!"

大家都笑了,我有点心酸。

"这样吧,你想说几条就说几条!"林老师说道。

小川一听又高兴起来:"好,那我再说一条!就是我想跟你玩的时候,你不许烦我、推我、吼我!"

他边说边爬上妈妈的膝盖,搂着妈妈的脖子,在妈妈身上扭来扭去。

"看看,他就是这样,老在我身边打转,一个男孩子这样怎么得了哇!"秀兰又皱起眉头。

小川说了一句话:"妈妈,你知道我为什么这样吗?那是因为我很爱你!"

我的心一动。秀兰更是如遭雷击,脸上浮现出感动、震惊、惭愧、心痛、自责种种表情,似是万般滋味涌上心头。

"唉,很多时候我们真的不懂孩子的心啊!"秀兰搂过小川,眼圈红了。

她低下头继续说道:"我知道是我的错。我明知教育有问题,自己也是这样被打压过来的,但我实在不敢松懈啊!"

"别人打压你,你为什么要转过来打压我?"小川看着妈妈的眼睛,突然大声问道。

我们又是一愣。这一问犹如惊雷,震响在每个人心间。小川太敏锐,他的话一针见血,让秀兰无言以对。

秀兰悄悄抹去眼角的泪,抱紧了小川。她终于意识到孩子其实没问题,是她自己的问题。

最后林老师建议小川和妈妈以后像这样多交流，彼此提建议、定规则，有问题好好商量，母子俩高兴地拉钩。

林老师说：

有一个视频：妈妈在刚会走路的宝宝身上装了摄像头，体验宝宝视角。

镜头一开始，宝宝举起手里的玩具想送给妈妈，妈妈忽略了。因为从妈妈的视角看，她以为宝宝在晃手。

见妈妈没回应，宝宝又努力地举起玩具想送给妈妈，妈妈还是没有注意到。宝宝急得跺脚转圈圈，跪地哭泣。

妈妈站在面前问宝宝："是硌着脚了吗？"宝宝仍然举起东西递给妈妈。后来妈妈看到宝宝视角的摄像才恍然大悟，原来是宝宝想和妈妈一起玩。

最后妈妈感慨：原来人不被理解是这么孤独！

爱孩子，需要先看见孩子。爱的前提是看见，有看见，才有理解和爱。

爸爸爱我吗

秀兰母子前脚刚走，又有一家三口来了。

汽车停稳时，车门被猛地推开，一位穿黑色裙子的女士走了出来。她风风火火，锐利的眼神四处打量。

接着下车的是爸爸，他穿着深蓝色的衬衫，脸上没什么表情，沉默地跟在妈妈身后。女儿最后一个下车，大约十一二岁，低头盯着地面不说话。

走进茶室时,妈妈几乎是推着女儿往前走的,嘴里低声催促着:"快进去,别让人等。"

林老师起身为他们倒茶,妈妈迫不及待地开口:"我听秀兰说您很厉害,请您一定要帮帮我们,这孩子现在成绩不好,也不愿意和我们说话……"

这种情景下很难有实质性的沟通,林老师请我先带女孩出去走走,只留下父母聊。

女孩叫小叶子,读初中,心理压力一直比较大,和父母的关系也很糟。前天,妈妈发现女儿在日记本里写不想活了,吓得她一夜没睡着。

妈妈怀疑小叶子是抑郁症,打算去医院开点药。后经朋友介绍,想请林老师先和孩子聊一聊。

孩子的问题是果,原因往往在父母那里,但开始往往不适合直接沟通。林老师建议他们在这先住一晚,放松一下,明天再说。

一离开父母,小叶子就活泼多了,也很愿意和我说话。我们逗着小狗,玩得挺开心。

第二天上午,林老师邀请小叶子去茶室喝茶。经过她们两人的同意,我也一起参加。

茶桌上换了新摘的绣球和栀子花。林老师泡茶,微笑地招呼小叶子。

小叶子略有些紧张,林老师笑道:"这朵粉蓝绣球花和你的裙子颜色挺搭配的,真好看。"

小叶子一身浅蓝连衣裙,林老师说真好看,既说花好看,又说衣服好看,也说人好看,就看听的人怎么理解了。

小叶子害羞地一笑,表情放松了不少。

林老师简单介绍了自己,对小叶子说:"你当下最想解决的问题是什么?我看能不能帮助到你。"

小叶子低着头,说学习和家庭两方面让她压力很大。林老师问她想先谈哪方面,她说先谈学习。

她低沉地说:"我的成绩不好,爸爸给我定的目标很高,我达不到他的期望,觉得自己怎么都学不好!我感觉过得很累,想放弃。"

林老师问她眼中的父母是什么样子的。小叶子说从小就和父母沟通很少,妈妈还稍好,尤其是和爸爸,从小到大很少聊天,一直都很怕爸爸。

林老师让她用两个词描述爸爸,她说严厉和控制。几年前小叶子又有了弟弟,更觉得自己被忽视。

心慢慢打开后,小叶子说的话变多了。她讲了一件对她影响巨大的事:一年前,爸爸认为她不好好学习,一怒之下打了她一耳光,她被打倒在地上,爸爸还拳打脚踢。

小叶子哽咽道:"妈妈在一旁不仅没劝架,还冷冷地说打死算了。爸爸的耳光和妈妈的冷语,让我觉得非常痛苦绝望!"

我心疼地递去纸巾,小叶子擦着眼泪说:

"我在学校本来就没什么朋友,爸爸妈妈是唯一的情感依靠。他们想我死,那我活着还有什么意义?

"我也不是没有努力学习,但在班上只能考个中等。爸爸对我的成绩很不满意,我很痛苦,没有真正开心过。

"不过前几天,我妈妈不知什么原因,意识到是她的问题,和我聊了好几个小时,表达了对我的爱,并向我道歉,我感觉轻松了好多。但我还是很怕爸爸,不敢和他说话……"

小叶子的脚下堆了一团团纸巾,沾满了她的泪水,像一朵朵枯萎的小花。

林老师问她:"在你印象中,你感受到爸爸爱你的事有哪些?"

小叶子想了一会儿说:"我只想起一件事,六七岁的时候,有次去爬山,我走不动了,爸爸背着我走。其他时候我还是很怕爸爸,因为爸爸对我要求太高、太严厉了。"

林老师说:"假如现在有个扛沙包比赛,爸爸的力气只能背一百斤,你一定要他背两百斤,结果会怎样?"

小叶子说:"背不起来。"

林老师说:"是啊,我猜爸爸一定也很想当冠军,但是他的能力有限。或许爸爸对你的爱也是如此,他也是个普通人,有他的烦恼。"

林老师没有再说话,小叶子也沉默了。

此刻留白,茶室里一片寂静,只有檐角的风铃轻轻传来叮当声。

小叶子突然对林老师说:"我确定爸爸也是爱我的,只是我不喜欢他爱我的方式。"

我暗暗赞叹。林老师微笑道:"不着急,慢慢来。你在成长,爸爸也在成长。"

小叶子很聪明,一点即透。后面的聊天,她开始从另外的角度看父母——父母也是普通人,同样需要成长,需要被爱与被理解。

最后，小叶子好奇地问林老师："我怎么感觉你这么懂我、理解我呢？我好佩服那种听几句话就能理解别人的人。"

林老师笑道：

"你也可以做到的。当我们慢慢把内心的包袱和压力放下后，我们的心就空了。心越空，就越能装下别人。

"当我们的心能装下别人时，自然就能理解别人了。你那么聪明，一样可以做到的！"

这时小叶子的爸爸妈妈散步回来了。我高兴地看到小叶子竟然主动跑上前，张开双臂拥抱了妈妈。妈妈惊喜地笑着，抱着女儿转圈，爸爸也笑了。

晚上林老师和小叶子父母聊天，妈妈激动地感谢林老师。

林老师说："其实我没做什么，只是去用心地看见她、理解她。并非聊了这一次，孩子就好了。我先帮你们打开一道口子，但后面解铃还须系铃人。"

林老师给他们一些建议，尤其是对爸爸。这位爸爸说他很内疚，的确亏欠女儿太多。尤其有了儿子后，让女儿受了不少委屈，他立志要为女儿改变。

第二天早上，他们一家三口向林老师道别。我跑过来，送给小叶子一束刚摘的栀子花。

目送他们远去，我问林老师："您觉得他们会好起来吗？这位爸爸真的会改变吗？"

林老师说："我们不要想着去改变别人，而是尽力帮他们打开一扇窗。至于是否愿意走出去，是每个人自己的选择。"

林老师说：

很多孩子的问题看似是学习方面的，其实是关系层面的。学习的压力，往往是关系的压力。

小叶子在情感上需要一个确认：父母对她的爱的确认。

父母其实才是孩子最好的解药。看到妈妈抱起小叶子转圈时，我百感交集。家本该是最温暖的港湾，可为什么我们总是用最锋利的言语，刺向最爱的人？

不管是父母还是孩子，都渴望对方的爱与理解。而爱与理解，又偏偏如此稀缺。我们总是急着表达爱，但不要忘记：爱是一种看见，更是一种智慧。

第六节

别忘了，你也曾是孩子

送走小叶子一家，我们在茶室喝茶。

想起小川和小叶子，我叹了口气说："父母都曾经是孩子，孩子长大也会成为父母，他们本该相互理解，为什么会成这样呢？"

林老师笑了："这个问题我以前也想过，我还写过一个小故事，你想看吗？"

我说："当然！"

林老师回房拿来一个厚厚的蓝色本子递给我,说道:"这个本子里记录了我的一些思考,里面有个小故事叫作《别忘了,你也曾是孩子》,你可以看看。"

谢过林老师,我回到房间,迫不及待地打开蓝色本子。

第一页上面的毛笔小楷写着一行字:"用生命照亮生命"。右下角写着数字18,我猜测是这一本的编号。

第二页是目录,手写的题目和页码整整齐齐,我翻到第76页:

茫茫宇宙,有个粉红色的星球,它是某个蓝色星球的平行世界。

粉红色星球由孩子管理,法律规定所有的大人必须接受孩子的教育,听孩子的话。孩子们很爱父母,他们督促父母努力工作,希望让父母们过上幸福的生活。

可怜天下儿女心

早上,李田走进教室时,同桌吴梅梅正和几个女同学聊得火热:"唉,我那个妈,气死我了!昨天陪她加班弄文件,她可好,没打几个字,一会儿要上厕所,一会儿要喝水,一会儿又说饿了要吃夜宵!再这样陪几次,我非气出心脏病不可!"

"她上半年挣了多少钱?"一个圆脸的小姑娘插嘴问道。

"别提这事,说起来就气。上半年全公司业绩倒数,你说能挣多少钱?唉,我这以后可怎么办哟!"吴梅梅抚着胸口叹道。

"这算什么,好歹你妈妈还愿意坐在电脑前呢,我爸更让我操心！他每天在公司不好好工作，回来就只顾玩儿那把破吉他，完全不求上进！我要给他报个MBA班，他死活不肯去。我说隔壁小华她爸，商学院毕业，去年又开了两家分公司，一个月能挣几百万，你也用点儿心啊！你们猜他怎么说？他说吉他才是他的终极理想！哎呀呀！当时真把我气晕了！梅梅，你说说，那破玩意儿将来能当饭吃吗？算了不说了，真是人比人气死人！"坐在吴梅梅旁边的张小冬激动地晃着两条小辫，小圆脸上写满了恨铁不成钢，愤愤说道。

"哎对了，盼盼，听说你妈这回通过律师资格证考试，打算和朋友开事务所了？"张小冬拍拍前面女孩的肩。

朱盼盼转过头矜持地微笑，眼神里满是掩饰不住的骄傲："是啊，我妈也是够用功的，工作的事都不用我操心。她第一次考试没通过，躲在房间大哭一场。我劝她对自己要求别太高，尽力就行了。她说一定要为我和哥哥争口气，第二次又去考试。那段时间我为啥老迟到？就是送她去补习班了。你们都知道那考试有多难！她每天起早贪黑地学习，我顿顿饭都是凉了去热，热了又凉，这样又拼了一年才考过。"

她们羡慕地咂嘴道："啧啧，摊上这样自觉上进的妈真是你上辈子修来的福气啊！我家爸妈要是有你妈一半肯拼，我肯定天天要笑醒。"

盼盼摇摇头，叹气道："唉，有了爸妈就要操一辈子的心，哪有那么容易哟！她现在要创业了，我得想办法给她筹钱不是？还有，我妈虽然学习不要人操心，但性格有点内向，以后关系问题也让我愁。对了，你们知道哪里有好的人际关系课程吗？我回头再给她报个补习班去！"

她们聊得正热火,李田重重地放下书包,长叹一口气:"你们都别在我面前说这些了吧。"

大家一看是李田,马上都知趣地闭上嘴,打了两句哈哈就埋头看书去了。

李田的爸爸因为工作能力差,绩效好几次没通过考核,上周被辞退了。李田想尽办法给他重找了个工作,他爸爸勉强去了两次就不愿再上班,宁愿天天在家打游戏。李田和他妹妹为爸爸的事愁得连上课都没心思。

李田正在发呆,老师走进来了:"今天的学习目标是……"老师边说边写板书。同学们一声不吭埋头学习,老师说完就走了。

放学了,教室一片忙乱。几个家有学霸父母的同学,胡乱收拾好书,赶着时间要送爹妈去 MBA、PMBA 等各种进修补习班,惹得其他同学只能投来羡慕的眼光。

几家欢喜几家愁

"我回来啦!"朱盼盼的妈妈开心地说道。

"哇,宝贝妈妈你可回来了!这是我在路上给你买的新鲜水果,已经洗好了,赶紧吃几个!"盼盼在围裙上擦了擦手,幸福地微笑看着妈妈。

"谢谢女儿!还有个好消息!我今天已经拿到执照,事务所马上就可以开业哦!"盼盼妈妈骄傲地说。

"太好了!我的宝贝妈妈最棒了!那你先去忙,一会儿我喊你吃晚饭!今天给你做了好吃的!"朱盼盼兴奋地抱起妈妈转起了圈。

妈妈吃完水果坐在电脑前认真地工作起来。朱盼盼轻轻关上厨房的门，怕炒菜声吵到妈妈。

张小冬爸爸正在捣鼓一把新吉他，他抬头冲厨房里喊道："哎，女儿快来，我又学会了一首新曲子，你来听听！"

张小冬正在洗碗，没好气地说："你天天就知道整这些没用的！都多大了还玩这玩意儿，这有什么用？你说说你这个月挣了多少钱？赶紧去把老板昨天布置给你的任务给做了！"

"你就来听一下嘛，我这个曲子真的练得很好哎！"小冬爸爸的眼神有点乞求。

"我不懂音乐，听也听不懂。"

张小冬头也不抬地说，继续忙着刷碗，看不到爸爸叹了口气失落的眼神。

吴梅梅家里正鸡飞狗跳。

放学回到家，只见地上丢着俩公文包，妈妈正抱着大堆零食躺在沙发里刷宫斗剧，爸爸勾直脖子盯着手机打游戏，两人都没注意到吴梅梅回来了。

见此情景，她气得火气不打一处来："又看电视！又打游戏！你们的工作目标完成了吗？今天去找了几个客户？你们这周的业绩再上不去，看我怎么收拾你们俩！"

爸妈见吴梅梅发火了，不情不愿地关上电视收起手机，慢吞吞地拾起公文包坐到电脑前。

凳子还没坐热，爸爸的手机响了："老王啊——哦，新开一家酒店呀？好的好的，在哪里？我马上来！"

爸爸小心翼翼地说："我今天在公司忙了一天好累的，总得休息休息吧！隔壁老王找我有事，我先走了！"说完就想溜。

"哎——等等我，我正好顺便去做个头发！今天老板让我见了三个客户，真的需要放松一下了！"妈妈见爸爸要出门，赶紧站起来。

"都给我坐下！"吴梅梅一声怒吼："你们今天不完成老板的任务哪儿也别想去！"

爸爸很聪明，拿过几本书堆在梅梅面前：《怎样说你爹妈才会听》《好女儿胜过好老板》《我如何培养五十岁老妈考入五百强》，全是当前家庭教育的流行著作。

"女儿呀，你看这些书里面都说了，孩子要给父母爱与自由，要尊重他们的业余兴趣爱好，支持他们与朋友交往，多出去见世面，这样才能树立远大的事业目标嘛。你天天让我们待在家里埋头苦干，怎么可能真正成才呢？再说了，老王刚接到一个新项目，我去和他聊聊，没准儿还能一起合作呢！"爸爸说道。

"就是，你也得好好看看书，多学学怎样教育父母。你这样天天管着我们，只会逼得我们更讨厌工作，你要激发我们的工作兴趣才行啊！再说了，人也要劳逸结合嘛。"妈妈跟着一唱一和。

吴梅梅更生气了：这一对爹妈，工作时不用心，考核时总出错，想出去玩的时候倒是会引经据典，找各种理由，脑子转得可快了！

她猛一拍桌子，怒吼道："你们今天说什么也不好使，都给我老老实实在家待着！马上回房间做公司的任务去！"爸妈一看女儿真发火了，只好耷拉着脑袋乖乖回房了。

吴梅梅哥哥给她递了杯水，劝道："算了，爹妈自有爹妈福，咱们为他们尽力就好了，他们将来的老年人生还得他们自己负责，你别气坏了身体。"

吴梅梅忍不住流下眼泪："咱俩在学校都那么用功，成绩也好，怎么就摊上这样的爹妈啊！他们要是有朱盼盼的妈妈一半上进我就知足了！"

哥哥又劝道："你也别烦，你班上李田不是为他爸的事更糟心吗？他们只是不爱工作，但每天也在准点上下班不是？你就别要求那么多了。"

"我对他们还有什么要求？职称职称评不上，工资工资涨不了，人家爹妈能考进世界五百强，我只希望明年续聘时他俩能考进咱市里公司的五千强，将来能养活自己就行了！"吴梅梅边说边抹泪。

她哥长长地叹了口气，不说话了，家里一片沉默，只有挂钟的嘀嗒声。

天上的辩论

终于有一天，粉红色星球上的父母们受不了孩子的控制，向老天爷递交了诉状，要求收回孩子对大人的教育权。

他们派张小冬的爸爸当原告，把以吴梅梅为代表的孩子们告上天庭，并说服了朱盼盼的妈妈做辩护律师。

天庭上，一场辩论开始了。

原告的诉状是这样的：

亲爱的孩子们，你们打着为我们好的口号，扼杀我们的兴趣，控制我们的时间，希望我们成为一个赚钱的工作机器，谁挣的钱多谁就是你们眼中的好父母。

你们没有时间陪我们喝酒，也没有耐心听我们弹一首曲子。在家有你们的逼迫，在公司有老板的压力，我们的生活过得味同嚼蜡。我们反对你们这样的教育方式，强烈要求剥夺你们的教育权！

被告的回应是这样的：

亲爱的父母们，我们是如此地爱你们，而你们总有一天终将老去，到时如何保证你们的幸福？我们现在逼着你们努力工作挣钱，无非是希望你们将来活得自由快乐，老有所依、老有所养。

你们现在心智还不成熟，需要我们对你们的未来有更多把握，而这一切的良苦用心都是为了你们将来能过上富足、自由、有尊严的生活，不用再靠我们。

古人说：子女爱父母之深也，则为之计长远。我们是因为太爱你们才严格要求你们，请理解孩子对你们的一片苦心！我们反对交出教育权！

双方各有各的理，谁都不肯让步。老天爷想了想，找来一位侍者，悄悄说了几句。侍者点点头，在天庭门口贴出审判结果，最后一段是这样的：

"粉红色星球上所有的孩子都去蓝色星球当父母，目标是要活得像孩子一样。如果不合格就要一直当父母，直到回忆起来自己曾经也是孩子，才算考核通过。"

所以，在蓝色星球上，所有的智慧大师都指向同一条道路：回到赤子之心,复归婴儿状态。

据说粉红色星球的孩子去蓝色星球当父母时,侍者会在每个人耳边悄悄说一句话:

别忘了,你也曾是孩子。

林老师的故事真是脑洞大开,我又是笑又是感慨。想起实习时,有孩子上课看小说,我当众批评,把书收走了。

可我小时候也上课偷看小说啊,怎么就忘了呢?那时看书是觉得老师讲课没意思,等我站上讲台,怎么就只会批评孩子呢?

有句话说,我们渐渐活成了自己讨厌的样子。这很可怕。我一定不要这样,我要改变自己!

焦虑是风，觉知是锚，耐心是土壤。在松弛与清醒之间找到平衡，让生命如茶般舒展；在时光中耐心等待，沉淀出从容的智慧。我们成为更好的自己，方能把最好的滋养给到孩子。

第三章

修炼

更好地成为自己

第一节

放松：学会与焦虑共处

人对了，怎么做都对

早上我走进茶室，晨光透过窗照射到地板上，茶壶里微微冒着热气。林老师正在看书，她抬头冲我微微一笑，递过一杯茶。

我说："离夏令营开营的日子越来越近了，您需要我准备些什么东西吗？我到时具体要做些什么呢？"

林老师微笑说："你刚来时我说过，最好的学习方式是参悟。我暂时没有具体的任务给你，你想做什么，如何做，取决于你自己。"

我迟疑地说："这样行吗？万一我做得不好，会不会给您帮倒忙？"

林老师说："你不是在帮谁的忙，家长和孩子们来这里，是他们的需要。我们做好自己，用心支持就可以了，放松点！"

我感到轻松了一些。

林老师说："不过，你刚才问要不要准备些什么，我们的确还需要做些其他准备。"

我放下的心又提起来了，看着林老师。

林老师说：

"我们需要把自己的状态准备好。人对了，怎么做都对；人有问题，怎么做都错。无论做父母还是老师，先得尽量把自己的状态调整好，这是教育的起点。

"如果你愿意，接下来我们可以花五天的时间，每天一个小主题，集中对身心做一些调整，以最好的状态迎接孩子们。你愿意吗？"

我兴奋地说："这太好了，现在就开始吧！先要怎么做？"

林老师笑道："好，那今天就算第一天吧。现在你要做的是放松下来，什么都不做。"

我惊奇地说："什么都不做？"

林老师说：

"除了吃饭、睡觉、走路这些日常活动，剩下的时间你尽量什么事都不做，放下目标和期待，不思过去，不想未来。

"这几天不要看书，日记也不用写，打开身心去体验和感受——这也是我之前说的参悟。

"等到第五天，你愿意的话可以写个小总结。今天就只有一件事：尽量让自己的身体和心灵放松，越放松越好。你先去体验吧，有问题晚上我们再交流。"

说完，林老师起身去练书法，留下呆呆的我。

大树下的寂静

从小到大，我的目标感很强，努力学习，认真做事，试图让周围人都满意。即使是在山里这样的生活，也严格要求自己迅速成长。

第一次被要求放松下来，什么都不做，我有点不知所措，像在迷雾里找不到方向。

不管了，先去体验。我慢慢走回房间，感到一阵睡意袭来，可能是起早了有点犯困。如果是以前，我一定会打起精神做点什么驱散困意。现在我决定听从身体的信号，先睡一觉。

一觉沉酣睡了个饱。醒来时感觉整个人能量十足，神采奕奕。这才发现，平时身体替我们承担了许多压力与疲乏。

看时间，已经是上午十点半了。我心里掠过一丝紧张和自责，又暗笑自己惯性太强。

走出房门，我有些茫然，不知道该做些什么。习惯性地想看看手机，担心会不会错过重要信息——嗯，不看！

我漫步到湖边，脚下的草叶软软的。走着走着，脚步自然慢了下来。

我坐在树荫下，湖水像一面镜子，倒映着天光云影。背靠树干，树皮粗糙的触感透过衬衫传到背上，有点痒，却很踏实。我闭上眼睛，听着风从耳边掠过，带着湖水的气息。

远处传来几声鸟鸣，像是从云层里漏下来的。我没睁眼，却能感觉到那声音在湖面上荡开，一圈一圈，像石子投进水里。

渐渐地，鸟鸣声和风声混在一起，分不清谁是谁了。

鼻尖飘来一阵淡淡的花香，像是槐花。我没去细想，任由香气钻进鼻子，又慢慢散开。我忽然感觉自己的呼吸像是随着风一起，在有节奏地轻拂过湖面。

睁开眼睛时，湖面上的云已变了形状。刚才还像一团棉絮，现在却拉长了，像一条懒洋洋的鱼。

我看着那云，忽然觉得它和自己没什么区别——在天地间随意飘浮，没有目的。

一只蜻蜓飞过来，停在膝盖上。我没动，只是看着它。蜻蜓的翅膀薄得像纱，阳光透过翅膀，在地上投下一片小小的影子。影子随着蜻蜓的呼吸轻轻颤动，像是湖面的波纹。

我觉得自己也成了这湖的一部分。呼吸像风一样轻，心跳像湖水一样缓。就这么坐着，看着，听着，闻着，已经很好。

远处隐约传来屋檐上的铃声，悠长而缓慢。我轻轻吐出长长一口气，像是把最后一点紧绷也吐了出去。

放松就是答案

晚饭后，月亮升起来了。我和林老师散步到那棵大树下，向她描述上午的感受。

我说："我第一次如此清晰地感受到某种存在。山水自然仿佛有种神奇的力量，让我的心静下来了。"

林老师看着我，轻轻按住我的肩膀，指尖的力道温和而坚定。她说："闭上眼睛，仔细感受一下，肩膀这里是什么感觉？"

我闭上眼，眉头微微皱起："有点紧，像是绷着一根弦。"

林老师的手指稍稍用力，沿着肩线轻轻按压："对，就是这种感觉。很多人不自知，肩膀总是无意识地耸起来，紧绷着，像是扛着什么重物。你试着放松,让肩膀尽量往下沉。"

我深吸一口气,试着让肩膀一点点下沉。起初有些不习惯,但慢慢地,我感觉到那股紧绷的力量在消散,像是冰块融化。

林老师赞许道:"很好,现在我们试试静坐冥想。"

我盘腿坐下,双手搭在膝上。

林老师坐在我对面,轻声引导:"闭上眼睛,去感受你的呼吸。不用刻意去控制它,只需要看着它。就像看着湖面的波纹,来了又去,去了又来。"

我的呼吸渐渐平稳,耳边是风吹树叶的沙沙声,鼻尖萦绕着淡淡的槐花香。

我感觉肩膀彻底放松,接着是手臂、腰、背,甚至脚趾。我整个人像是融进了这片宁静里,成了一缕风、一片云。

林老师的声音像是从很远的地方传来:"放松不是放下一切,而是让一切自然流动。就像这风、这月、这云、这水,它们都在,但你不需要抓住它们。"

不知过了多久,我睁开眼,林老师仍在闭目静坐。

我看着林老师宁静祥和的面容,想起早上自己还满腹疑惑,现在有了体验之后才明白:"放松"既是一个动词,也是描述某种状态的形容词。

从动词到形容词,放松本身,就是答案呀。

此时,一轮明月如玉盘悬挂中央。月光如水,遍洒清辉,大地被照得清清亮亮。

第二节

觉知：第三只眼看世界

林老师不见了

第二天，我按约定的时间，满怀期待地走向茶室。

推开门，茶室里空无一人，壶嘴还微微冒着热气，去敲林老师的房门，也没人答应。

我有些着急，林老师一向很守时，会去哪里呢？我走出茶室四处寻找，又喊了几声，心里感到不安。

忽然，我听见山后似乎有一阵若有若无的音乐声，像是从半山腰的伴云亭传来的。我循着声音往山腰上走，脚步加快了几分。

走到伴云亭前，传来悠扬的钢琴曲，林老师正端坐在亭子里，捧着一本书，神情专注。我松了一口气，快步走过去。

"您怎么在这儿啊，我找了您半天。"我的声音里带着一丝埋怨，但更多的是安心。

林老师微笑道："我在等你。"

她合上书，指了指身旁的竹篮，说："今天我们去采些野果，顺便聊聊如何训练觉知。"

我愣了一下:"觉知?"

林老师点点头:"觉知,就是对自己每一个起心动念的观察与了知。就像刚才你找不到我时,心里是不是有些着急?"

我说:"是的,又着急,又担心。"

林老师笑了笑:"这就是起心动念。我们的情绪、想法,往往在不经意间就冒出来,像是湖面上的涟漪,一圈圈荡开。如果我们能觉知到它们,就能更好地理解自己,也更容易保持内心的平静,从而处理好当下的事情。"

甜甜的野果

林老师带着我继续往山顶走。

她摘下一片叶子递给我:"你看,它的形状、颜色、纹理,都是独一无二的。可我们平时走路时,往往不会注意到它们。"

我接过叶子仔细看了看:这是一枚淡绿色的心形树叶,叶脉清晰,边缘还有些细小的锯齿。

我忽然觉得这片树叶很美,可自己平时从未留意过。

我若有所思地点点头:"那起心动念呢?怎么觉知它们?"

林老师停下脚步,指着不远处的板栗树说:"你看那棵树,板栗熟了,自然会掉下来。我们的念头也是这样,来了又去,去了又来。不必去阻止它们,也不必去抓住它们,只要觉知到它们的存在就好。"

她拨开路边的刺藤,摘下一颗指头大小的红色小野果,递给我,笑道:"这叫山莓,当地人叫秧泡,说是插秧时最甜,你尝尝。"

我接过来，小野果摸起来软软的，上面有一个个小泡，还有淡黄的小刺。放进嘴里，舌头上有微刺的感觉，轻轻一咬，甜甜的汁水在口中蔓延开来。

我忽然觉得，自己好像从未这么认真地吃过一颗果子。

"好吃吗？"林老师问。

我点点头："很甜，还有一种淡淡的清香。"

林老师笑了："这就是觉知。当你专注于当下，连一颗普通的小野果也会变得特别。"

我看着手中的果子，忽然明白了什么："所以，觉知就是让自己活在当下，明白每一刻的感受，对吗？"

林老师点点头："对，但不仅仅是感受，还有念头和情绪。比如刚才你找不到我时，心里着急。如果你能觉知到这种情绪，就能更快地平静下来，而不是被它牵着走。"

从最简单的事开始

哦，原来觉知就是一盏灯，可以照亮内心许多没注意到的角落。

"那怎么训练觉知呢？"我问。

林老师指了指脚下的路："觉知，从最简单的事开始。比如走路时，感受脚底与地面的接触；吃饭时，品味每一口食物的味道；呼吸时，观察空气进入鼻腔的感觉。这些都是觉知的练习。"

我点点头,试着放慢脚步,感受脚底与地面的接触。我忽然发现脚下的泥土软软的,带着一丝凉意,每一步都像是踩在棉花上。

"感觉怎么样?"林老师问。

我笑了:"很奇妙,好像每一步都变得清晰了。"

林老师点点头:"这就是觉知的力量。它让我们更清楚地看到自己,也更容易找到内心的平静。"

我们继续往前走,阳光透过树叶洒在地上,斑驳的光影像是流动的水纹。我觉得自己的心也像这光影一样,变得明亮而清晰。

"觉知是不是也能帮助我们更好地处理情绪?"我问道。

林老师笑了笑:"当然。当你觉察到自己的情绪时,就能更好地理解它,而不是被它控制。比如生气时,当你能觉察到自己在生气时,你就不是'生气'本身了,而是已经与'生气'这个现象保持距离了。"

我点点头,豁然开朗:觉知还是一把钥匙,能打开通往内心宁静的大门。

走到山顶时,林老师停下脚步,指了指远处的湖面:"你看,湖面平静时,能倒映出天上的云。我们的心也是这样,当它平静时,才能看清自己的起心动念。"

一望无际的湖面上,零星点缀着绿色的小岛。山水清幽,天地开阔。我看着湖面,觉得自己的心也像这湖水一样:平静,开阔,清澈。

我深吸一口气,感受着山间的风拂过脸颊,带着一丝凉意,却让人感到无比舒适。

林老师笑了笑,拍了拍我的肩:"觉知是一条漫长的路,但只要开始，就永远不会晚。"

我点点头，心里充满了力量。

第三节
明辨：穿透情绪看事实

这次是酸的

第三天，我踏着晨露，沿着蜿蜒的山径走向伴云亭。

走进亭中，坐在林老师的对面，我感觉自己的心情也像这清晨里的山间一样，渐渐明朗起来。

我问："今天的主题是什么？我已经很期待了。"

林老师笑了笑，从桌上的茶盘里拿出一枚和昨天一样的小野果，递给我："不急，你再尝一颗。"

我接过来放进嘴里。

哇，这颗好酸！一股酸水从腮间沁出，我闭着眼睛直呲嘴。

林老师笑问："怎么样？"

我吐了吐舌头："没想到这颗这么酸。"

林老师笑道："你说'没想到'，这里的潜藏意思是什么？"

我想了想，说："昨天吃的那颗很甜，我以为这颗也应该一样甜，但事实与设想的不同。"

停想选做评

林老师点点头,说道:

"这就是今天的主题——明辨。我们来聊聊如何区分事实与想象。

"你昨天吃到甜果子,是事实;今天以为这颗也会一样甜,这是想象。

"事实是客观存在的,而想象是我们头脑中的推测,它与事实有时吻合,有时不吻合。"

我若有所思地点点头:"如何才能避免被想象误导呢?"

林老师从桌上拿起一张纸,写下五个字:

"停,想,选,做,评。"

她指着第一个字:

"停:就是当你发现自己有某种强烈的预期,或者明显的情绪时,先慢下来,停下来。不要急于做反应,下结论。"

我问:"就像我刚才咬果子之前,应该先停下来,问问自己,这颗果子也是甜的吗?"

林老师赞许地点头,接着说道:

"想:就是问问自己,当下的事实是什么?我的预期、情绪以及想法,是基于事实,还是基于想象?"

我说:

"事实是,我昨天吃了一颗甜果子,但今天这颗果子可能甜,也可能酸。

"我预设这颗果子也会甜,是基于昨天的经验,而不是今天的事实。"

林老师笑了:

"很好。接下来是'选':在看清什么是事实,什么是想象之后,做出判断选择。

"你可以选择相信自己的预期,也可以选择放下预期,接受任何可能的结果。"

我若有所思:"如果我选择放下预期,就不会因为果子酸而感到意外了。"

林老师继续指着下一个字:

"做:就是按照你的选择去行动。比如你可以选择先舔一小口尝尝味道,而不是一下全吞下去,被酸到皱眉毛。"

我笑了:"听起来简单,做起来好像没那么容易。"

林老师点点头:

"最后一步是'评':事后进行回顾,你的选择和行动是否达到你想要的结果,是否让你更接近事实,而不是被想象牵着走。"

我开心地笑道:"这'停想选做评'五步法太妙了,像口诀一样好记又好用,我要马上用起来!"

茶杯摔碎了

从伴云亭下来,刚回房间没一会儿,我突然听到小孩子的说话声。林老师还在伴云亭,现在谁会来呢?

我走到前厅,原来是村里的江婶带着两个孙子来了。两个小男孩跑进茶室，脸上还挂着汗珠，显然是刚在山上疯玩了一圈。

江婶脸上带着几分歉意，笑着说："晓光老师，我带孩子们来山上转转，顺便让他们学学规矩。这两个皮猴子，天天在家闹。"

我笑着招呼孩子们坐下，烧上水，给他们倒茶。我特意将那只青瓷哥窑的主人茶杯放在一旁，换了三只客人杯。

那只青瓷杯，釉色温润如玉，里面的开片裂纹如蛛网交织，是林老师最喜欢的茶杯。

茶香袅袅升起，孩子们却坐不住，没喝两口就开始互相打闹推搡。

我正想提醒他们，忽然听见"啪"的一声——两个孩子在打闹中撞到茶桌，那只青瓷茶杯应声落地，碎成了几片。

空气瞬间凝固。我的心猛地揪了起来，脑子里一片空白。

江婶慌忙站起来，连声道歉："对不起，对不起！这两个孩子太不懂事了！"

我涌起一股怒气，责备的话几乎要脱口而出，却在开口的瞬间，想起了林老师教的五字诀。我深吸一口气，硬生生把话咽了回去。

江婶在一旁手足无措地说："晓光老师，真是对不住！这茶杯多少钱？我来赔！"

我摇摇头，努力让自己冷静下来。我走到窗边，推开窗户，山风裹着草木香涌进来。

我背对着众人深呼吸三次，听见自己的心跳逐渐平缓。

"想"的步骤自然浮现：事实是茶杯被打碎了，而我的怒气来自"林老师会很难过"的想象。

我转过身，语气平静了许多："江姐，您先别急。孩子们也不是故意的,我们先听听他们怎么说。"

穿红衣服的小男孩先开口:"是他先推我的!"

"明明是你要抢我的小汽车!"另一个孩子晃着手里的玩具反驳,眼眶却红了。

我没有打断他们,而是拉过两把椅子:"先坐下说好吗?"

这是"选"的阶段。比起责备,我选择搭建沟通的桥梁,去了解事实。

两个孩子别别扭扭地坐下来,随着叙述的深入,事情越来越清晰:他们因为抢玩具发生争执,推搡中撞到了桌子,砸碎了杯子。

我蹲下身,拍拍他们的肩膀说:"我知道你们不是故意的,但茶杯已经打碎,我们能做的是学会承担责任,对吗?"

两个孩子点点头,眼泪在眼眶里打转。我看向江婶,她正满脸愧疚地站在一旁。

我轻声说:"茶杯的事您不用太在意,重要的是孩子们能从中学会承担。"

江婶连连点头:"晓光老师,您真是太好了!我回去一定好好教育他们。"

我笑了笑,转头对两个孩子说:"你们愿意帮我把碎片收拾干净吗?小心别划到手。"

两个孩子立刻行动起来,小心翼翼地捡起碎片,放进我准备好的纸袋里。

我看着他们,心里忽然涌起一股暖流,想起林老师说过的话:生活中的每一件事,都是练习觉知的机会。

收拾完碎片,我给两个孩子倒了杯温水,又拿出一包小饼干分给他们:"以后在茶室里要安静一点,好吗?"

两个孩子点点头,脸上还挂着泪痕,但神情已经轻松了许多。

江婶感激地看着我:"晓光老师,您真是有耐心。要是换了别人,早就发火了。"

我笑笑:"其实我也差点要发火,但想起林老师教的方法,就试着冷静下来了。"

发现不完美中的美

傍晚,林老师从伴云亭下来了。她推开茶室的门,看见了桌上的茶杯残片。

"茶杯碎了?"林老师轻声问,语气里没有责备,只有淡淡的关切。

我将事情经过一五一十告诉了林老师,包括如何用"停想选做评"五步法处理了冲突。

林老师静静地听着,目光温柔而赞许:"你做得很好!尤其是'停'的那一步,很多人遇到突发状况,第一反应是用情绪表达。而你选择了冷静下来,这恰是最难的一步,你做到了。那你事后如何'评'这件事呢?"

我说:

"我是通过对比两种做法的结果来'评'的。假如我一来就发火责备,会让江婶很难堪,影响关系不说,也会伤害到两个孩子,他们毕竟是无心的。

"其次,杯子已经碎了,再生气也无法复原,发火也让我的身心难受。这样一想,哪方面都不划算。

"现在这样处理,江婶非常感激,两个孩子受到教育,我自己也感到轻松自在,处理事情的定力和能力都提升了,感觉很好!"

林老师赞许地笑了,她拿起一片茶杯碎片,对着窗外的光线看了看:"你知道吗?这只茶杯的裂纹叫作金丝铁线,是窑火与釉料在高温下自然形成的。它的美,恰恰在于它的不完美。"

我若有所思:"您是说,就像今天的这件事,虽然茶杯碎了,但孩子们学会了承担责任,我学会了运用五步法,这也是一件好事,一种成长,对吗?"

林老师点头笑道:"在不完美中发现美好,生活中的每一件事,都可以成为我们练习觉知的机会。你今天不仅处理好了冲突,还让孩子们从中学到了承担与反思,给你点赞!"

我开心地笑了,今天的茶也格外清香。

第四节

耐心:慢是最快的抵达

爸爸的电话

第四天早上,许久没有联系的爸爸突然给我打来电话。

他依然那么焦虑,还是大嗓门,他说:"你还是应届生,抓紧时间去考公务员,备考补习班的费用我来出!你那什么私立学校根本就不稳定,以后你一定会后悔!"

我告诉他我有自己的想法,他骂我不懂事,现在还让他操心。我觉得爸爸一点儿也不理解我,情绪一激动就吵了起来。

挂了电话我才想起林老师,赶紧去茶室。林老师已经在那等我了。我勉强笑了笑,和她讲了刚才的事。

我后悔又自责,说道:"我昨天刚学了五步法,要保持觉知,为什么和爸爸吵架的时候,这些就全抛到脑后了?我并不想让爸爸难过,我真是太不成熟了!这些习惯怎么这么难改?我对自己好失望……"

林老师温和地看着我,没有说话,给我时间平复情绪,然后缓缓说道:"你的感受我能理解,这一切我也经历过。每个人在成长的过程中,都会经历这种波动起伏,这是很常见的现象。尤其是与家人之间,情感的纠缠最深,所以最容易情绪失控。你现在能看到自己的反应,已经是进步了。"

我抬起头,眼神中闪过一丝疑惑:"为什么我还是控制不好自己呢?我已经在努力了。"

退步原来是向前

林老师没有立刻回答,而是起身走向茶桌,准备泡茶。

林老师将茶叶轻轻投入茶壶中,注入热水,然后缓缓旋转茶壶，茶叶在水中渐渐舒展，飘出淡雅的茶香。

她低头专注于正在做的事，手法稳健，动作缓慢而从容。

我看着林老师的每一个动作，心情渐渐平静下来。

林老师问："你知道这茶为什么要这样泡吗？"

我摇了摇头。

林老师说："茶叶有自己的节奏，不能急于让它展开。过急地用热水冲泡，它的香气反而会消失，味道会变得苦涩。只有在合适的温度和时间下，茶叶才能充分舒展，泡出来的茶才最好喝。"

听着林老师温暖沉静的声音，我感觉散去的力量在一点点回归。

林老师微笑说道："你看，这茶叶并不着急，它在水中缓缓展开，上下翻转，充分融入水中，慢慢释放它的味道。你也一样。成长是一个过程，需要时间，尤其是面对那些牢固的习性。其实你的情绪和习性一直都在，现在是因为有了一些觉知，才看得更清晰及时，这恰恰是进步。"

茶室的小音箱正飘出一首歌，清音悠悠，禅意妙趣，触动了我的心：

> 手把青秧插满田，
> 低头便见水中天。
> 心底清静方为道，
> 退步原来是向前。

我想起了农人插秧。农人弯着腰一步一步后退，秧田却一行一行被插满。

退步原来是向前。

我已经足够好了

我望着汤色渐浓的茶水,心里突然有了些明悟。

想起与爸爸的争执,尽管我依然坚定自己对工作的选择,但情绪反应过于激烈,缺乏耐心。没有给爸爸足够的时间去理解,而是急于证明自己的立场。

我是个急性子,总是希望一切都能快一些,好一些,尽快得到某个结果。

林老师看着壶中茶,继续说道:

"茶的味道,是在温度与时间之间找到平衡的。水温过高,茶叶会被烫伤,香气被压制;水温过低,茶叶又无法充分释放。把握好时间,才能释放最好的醇味。

"越急于让茶尽早出味,就越会变味,反而会错过最美好的味道。时间,是泡好一壶茶必不可少的因素。"

我的心慢慢清明起来,问:"那我应该怎么做呢?"

林老师说:

"你可以在每一次冲突或情绪波动的时候,提醒自己一句话:慢,就是快。

"就像茶叶需要时间舒展,种子需要时间破土,你也需要时间成长,允许自己有一个过程。

"当你感到焦虑和急躁时,可以暂时停下来,深呼吸几次,告诉自己:这一刻的我,已经足够好了,我可以慢慢改变。"

我沉默了一会儿,心中涌上一股温暖的感觉:"谢谢您。我会试着放慢脚步，给自己更多耐心。"

林老师微笑道："每个人都有自己的节奏。而你，已经在自己的路上走得很好。"

我深吸了一口气，看着眼前这杯清香四溢的茶，我明白了：成长不是一蹴而就的，我需要耐心，以及对自己深深的理解与接纳。

耐心与平和，正是成长过程中最宝贵的力量。

我轻轻地喝了一口茶，感受着茶的滋味，赞叹道："真香！"

第五节

放下：摆脱执念的束缚

奉 茶

今天是最后一天。我依约来到伴云亭，林老师说还有个小小的考试。

会考什么？怎么考？我的脚步渐渐加快，擦了一把额上的汗珠，既好奇，又有点紧张。

林老师依然亭中端坐，浅灰色的棉布茶席上，依次摆着茶匙、茶漏、竹镊等泡茶器具。

林老师微笑说:"今天由你来泡一壶茶。"

我经常看林老师泡茶,有时来客人也代林老师泡过。但正式独立泡茶,还是第一次。

我洗好手坐下,感觉心跳有些快。我有意识地沉下肩膀,深呼吸几次,让身体放松,静一静,这才开始烧水煮茶。

洗杯,取茶,备茶。我稳住心神,觉知当下的每一个动作。

有几滴茶水溅到茶席上,我感到心口部位稍稍作紧,旋即平静下来,继续下一个动作。

水壶滴滴响起,显示已到100℃——林老师之前说过,泡这款红茶水温不能超过85℃,否则会影响口感。毕竟经验不足,我有点慌乱。

事实已经如此,怎么办?

我停下来,想了想。此时我有两件事:一是把茶泡好,二是把心调整好。

旁边有矿泉水,可以加水降温,还可以选择重新烧水。刚才我只洗了茶具,正好可以用开水冲一遍消毒。我决定选择第二种方案。

我稳下心来,提起水壶淋杯,滚滚的热气蓬蓬弥散。我仔细冲洗着每一个茶具,慢慢擦拭水珠,仿佛捧着某件珍贵的艺术品。

这次水烧到85℃了。投茶,注水,出汤,我一气呵成。红葡萄酒似的茶汤在杯中闪烁着荧光,浓郁的茶香钻过鼻孔,沁人心脾。

我很满意。双手捧起茶杯,恭恭敬敬地向林老师奉上用心泡出的这杯茶。

泼 茶

林老师接过茶，轻轻抬手，一杯茶全泼到地上。

我惊呆了。

林老师平静地说："现在我问你答。"

林老师问："你对自己的茶满意吗？"

我说："满意，因为我很用心。"

林老师问："你送茶的时候在想什么？"

我说："我希望您能接过我的茶，开心地喝下去，并且认可我。"

沉默。远远几声鸟鸣，让亭子里更加安静。

林老师看着我的眼睛，缓缓说道："我们每个人，何尝不是在为别人奉上自认为最好的茶。"

我突然一震。一下想起了很多人很多事，一股股心酸顺着胸口爬上来，涌到眼眶处，我伏下身呜呜痛哭。

林老师这句话像一把锤子，敲破了许多潜藏已久的委屈：

妈妈挑着两桶水，艰难地上坡。我伸出小手抓住桶提手，想帮妈妈减轻负担，被妈妈呵斥走开。

我用零花钱精心为好朋友买了生日礼物，满心欢喜地送过去，朋友却轻描淡写地说："这个东西我早就有了。"

高三临近毕业时，我花了一整晚的时间，用心给语文老师写了满满两页纸的教学建议信。当我把信送到老师那里后，老师打开只看了一眼，便随手将它揉成纸团扔进了垃圾桶。

实习时，我用那点可怜的津贴，给班上孩子们买来期末奖品，却无意中听到同事背后议论，说我想讨好家长和领导。

但是，委屈的不只有我自己。

我想起了阿杰，他对我那么好，我又何尝真正珍惜过？我还常常厌烦妈妈啰唆，抱怨她爱操心。

我又想到了爸爸。是的，或许爸爸不理解我，但爸爸何尝不是把他这一生喝过的、挑选出来的最好的茶，奉给了心爱的女儿。

…………

我的心被悔恨撕咬，泪如雨下。

只管泡茶

泪水，是冲刷往事最好的洗涤剂。

我的情绪渐渐平息，擦干眼泪，慢慢起身。林老师在旁边静静地坐着等我。她递过一杯茶，我这才感到口干舌燥。一口喝下去，顿时感到内外轻松通透。

林老师微笑道："现在什么感受？"

我停了停，轻声说："每个人都不容易，父母，老师，还有孩子。"

林老师说：

"这个世上没有哪两个人的利益是完全一致的，即使亲如父母，爱如儿女。

"不管你做老师，还是做妈妈，做爱人、朋友、同事，甚至是做路人，你都要随时做好两个准备：

"一是随时用心，泡出自己最好的茶；二是随时准备，这杯茶被嘲讽，被放凉，甚至被泼掉。

"不要因为害怕被泼掉,就不再泡茶;也不要只管自己泡茶,舍不得奉给别人。

"当你双手奉上茶的那一刻,你的使命已经完成。剩下的就要尊重别人,相信别人的选择。

"归根到底,我们是在为自己泡茶。"

....

林老师温和的话语像淅沥沥的晨雨,将我的心刷去一层,又冲去一层,拔掉杂草,拂去尘泥,越来越莹明。

林老师突然微笑着指向窗外:"你看!"

我顺着方向看去,天边一朵白云,活像一只大鲸鱼在海底潜游。我惊奇地看着,只见它游游荡荡,被山头一棵大松树遮住了半边身子。

一会儿,那朵云又飘了出来,悄悄换了形状。它昂首展翅,变成了一只翱翔于天空的大鹏鸟。

第六节

致自己:洗净尘埃,天地成茶

第六天。起床后,我站在门口,深吸一口气,空气里有泥土和青草的芬芳。我的眼睛变得明亮,像是擦去了蒙在上面的灰。山风轻轻吹过屋檐上的铜铃，一声一声，仿佛敲打在我心上。

在这里的悲欢笑泪，一次次的心灵冲击，让我内心原有的一些东西在慢慢消融、蜕变、成长。我也像太阳花的种子，不知不觉间苏醒，慢慢顶破黑暗的泥土，生命渐渐舒展，充盈着力量。

想到有一次，我打算找个旧杯子倒茶喝。林老师让我先去把杯子泡一泡，彻底洗干净。

她说："再好的茶水，装进脏杯子就不好喝了。"

此刻想起这句话，我突然悟出另外的含义：原来我们的心也是一只杯子，不知不觉间会积聚许多尘埃，也需要经常清洗。

以前我认为教育要学习正确的理念，找到最好的方法，多看书，多学习别人的经验，从没想过要先清洗自己这个"杯子"。

如果杯子不洗净，再珍贵的甘露倒进去，可能也会变成有害的液体。

就像林老师说的，人对了，怎么做都对；人有问题，好心也能办坏事。

很多父母都很爱孩子，都想把最香甜、最有营养的茶水给孩子喝，但无形中却给孩子带来伤害。

原来是我们找错方向了，教育是个伪命题！

孩子是不需要"教育"的。孩子本来就很好，他们往往是被"脏水"伤害之后，才看起来需要被"教育"。真正需要教育的是我们自己！

沉睡的人无法叫醒孩子，不快乐的人也不可能教出幸福的孩子。教育不是装满，是唤醒；教育不仅要锦上添花，更要避免伤害。

我即将成为老师，甚至妈妈，我问自己："你准备好了吗？"

我知道自己还有很多问题：脆弱，虚荣，不自信。但是很幸运，在这个夏天里，我找到了方向。洗净尘埃后，天地自成茶。

林老师说：

那个晚上，当看见晓光安静地坐在月光下冥想时，我就知道她的茶杯开始透光了。

当她说出"教育是个伪命题"时，这正是教育最珍贵的时刻：当我们开始质疑"教育"本身的意义与功能，真正的教育才可能发生。

人们总把教育误解为单向的知识传递或能力培训，其实教育是相互照见与启发的过程。就像茶道中的"先净器，后斟茶"，教育行为始于教育者的自我净化与自我观照。

儿童在成长过程中，会与教育者互动，并在这一过程中，逐渐将接收到的信息内化为心理和情感模式。这种内化不是通过语言教导，而是通过持续的情绪共振完成的。教育者越能保持心理容器的纯净通透，越能让被教育者获得真实的成长反馈。

许多家长把爱理解成对孩子的过度关注，却忽视了过程中的情绪污染。那些以担忧为名的控制，以保护为名的限制，本质上都是父母对自身焦虑的转移。

晓光顿悟前的困惑极具代表性。大量教育者沉迷方法论，却忽视了自己的"心灵之杯"对孩子的根本影响。

在与晓光的交流中，我常用茶道隐喻，而非直接说教，人类更愿意通过故事建构认知。当晓光顿悟洗茶杯的隐喻时，这种延迟的领悟，往往会带来更深层的改变。

教育者的修行地图，每日三问：
1. 我的"茶杯"今天承接了哪些情绪尘埃？
2. 我此刻给予孩子的是滋养还是污染？
3. 这个教育行为是否有必要？

教育者成长对照量表：
1. 青铜级：能觉察自身情绪对教育的影响；
2. 白银级：可区分教育冲动与教育智慧；
3. 黄金级：达到"不教而教"的无为境界。

当晓光在文末自问"准备好了吗"，这个发问本身就是最好的答案。教育从来不是准备好的事业，而是永不停息的自我净化之旅。就像茶道中的"一期一会"，每个教育瞬间都是不可重复的共修时刻。

那些被洗净的茶杯，终将在时光里酝酿出属于自己的茶香。

下篇

用爱滋养孩子

从亲子问卷的认知鸿沟到肉松饼里的博弈论,这一章是教育现场的显微镜:在辩论、劳动、写作的烟火气中,读懂孩子的感受力,也照见成人世界的执念与盲区。

第四章

参悟 | 直面教育现场

第一节

双面镜：亲子问卷里的认知鸿沟

父母眼中的孩子

家长和孩子们陆续来到山上。阳光洒满山间，我和林老师站在大门口迎接大家。小院热闹起来，孩子们兴奋的叫喊声，打破了平日的寂静。

在我看来，这个夏令营跟我设想的很不一样。除了我俩以外没有专职老师，也没有课程计划和作息表。家长都是林老师的朋友，这其实是大家为孩子们准备的一段夏日时光。

中午人都到齐了。一共五个家庭，七个孩子：有小叶子一家，还有秀兰带着小川，悠悠、然然是姐弟俩，还有一个十岁的男孩乐乐；张阿姨和王叔叔带来一儿一女，非非和小文。他们夫妻俩会留下来协助。

大人有说有笑，孩子们很快玩到一起。张阿姨提议趁孩子们午休时，请林老师和家长们聊一聊，大家一致赞同。

林老师微笑说："感谢大家的信任，让我们有机会一起度过这个特别的夏天。教育是创建一种美好的关系，这里没有固定的规则，只有彼此的陪伴和成长。"

她的声音温和而坚定，有一种让人安心的力量。

林老师说："美好关系的建立离不开看见与理解。我先问大家，你们认为自己了解孩子吗？"

家长们你看看我，我看看你，有几位举了手。

林老师举起一张表，微笑说道："我们填一下这张表就知道了。"

我接过来看，上面是填空式的调查表，围绕着"我眼中的孩子"展开提问，一共有二十五道题。

家长们开始填写，随着时间的推移，气氛渐渐变得凝重起来。

坐在角落的小叶子爸爸是第一个停下笔的。他眉头紧锁，笔悬半空，迟迟没有落下。他的目光久久停留在某一题上——孩子最近一次哭泣的原因是什么？

另一位爸爸似乎也在努力回忆，但最终轻轻叹了口气，摇了摇头，继续往下写。

对面的秀兰显得更加困惑，她的手指在表格上轻轻敲打，眼神游离不定。

孩子最想对老师说的话是什么？她的眉头越皱越紧，仿佛这个问题触及了她从未注意到的角落。

随着时间的推移，越来越多的家长停下笔，陷入了沉思。这张表格仿佛不仅仅是一张纸，而是一面镜子，映照出了他们与孩子之间的距离。

四十五分钟后，终于所有的家长填完了表格。小叶子的妈妈叹了口气说："我原以为自己很了解孩子，现在才发现并非如此。"

孩子眼中的父母

这时,孩子们叽叽喳喳地跑过来。林老师笑道:"正好,孩子们也来填一份。"

我接过孩子们要填的《我眼中的爸爸妈妈》,与家长那一份差不多,但问题不同。

林老师对孩子们说,如果有不认识的字或不理解的地方,可以请爸妈来解释,或者代为填写。

孩子们接过表格,脸上带着天真的笑容,仿佛这是一场有趣的游戏,笔尖在纸上飞快移动。相比之下,父母们的神情却显得有些紧张,仿佛在等待一场未知的揭晓。

孩子们很快完成表格,然后林老师请亲子双方交换。

乐乐的爸爸接过乐乐递来的表格,他的目光在纸上缓缓移动,眼神里有种深深的触动。乐乐的答案让他既感动又意外,原来孩子其实一直在默默观察着他。

对面的秀兰也接过了小川的表格。她的目光停留在一道问题上:"妈妈最担心我未来遇到什么困难?"

小川的答案是:"妈妈最害怕我生病,还有将来找不到工作。"

秀兰低声说:"原来孩子比想象中更了解我。"

房间里一片寂静。

林老师说:

"这场交换不仅仅是为了让你们了解孩子,更是为了让你们重新审视自己与孩子之间的关系。

"作为父母,我们常常忙于工作,以为自己很了解孩子。但事实上,孩子往往比想象中更了解我们,他们的内心世界也比我们想象中更丰富。

"他们有自己的观察和感受。作为父母,我们可以更多关注他们的内心世界,而不仅仅是外在表现。"

她的声音轻柔而坚定,仿佛在引导大家走向一个全新的方向。

窗外的阳光透过树叶洒进来,光影跳动,仿佛在为这场心灵旅程拉开序幕。

我知道,这不仅是夏令营的开始,更是一次心灵洗涤。无论是家长还是孩子,还是我,都会在这片山林中找到自己的答案。

而林老师,就像那盏指引方向的灯,照亮了我们每个人的心。

附表1:我眼中的孩子

1. 孩子最近一周最开心的一件事是:＿＿＿＿

2. 孩子最近一次哭泣的原因是:＿＿＿＿

3. 孩子手机里最常用的三个 App 是:＿＿＿＿

4. 孩子最近一次感到孤独是什么时候:＿＿＿＿

5. 孩子最想改变的一项性格特质是:＿＿＿＿

6. 孩子最羡慕的同学/朋友是:＿＿＿＿

7. 孩子在学校最要好的朋友是:＿＿＿＿

8. 孩子最不愿意一起玩的同学是:＿＿＿＿

9. 孩子最近一次帮助他人的具体事例是:＿＿＿＿

10. 孩子最近做的一个印象深刻的梦是:＿＿＿＿

11. 孩子最近一次感到害怕的事情是:＿＿＿＿

12. 孩子最想对老师说的话是：_____

13. 孩子最想去的大学／城市是：_____

14. 孩子最想从事的职业是：_____

15. 孩子最想拥有的超能力是：_____

16. 孩子最希望改变的家庭规则是：_____

17. 孩子最想和家人一起做的事情是：_____

18. 孩子最希望父母改进的地方是：_____

19. 孩子认为自己最大的优点是：_____

20. 孩子认为自己最需要改进的地方是：_____

21. 孩子最近感到最有压力的事情是：_____

22. 孩子在学习方面最大的困难是：_____

23. 孩子最近一次感到特别自豪的事情是：_____

24. 孩子认为最重要的三件事是：_____

25. 孩子最想对未来的自己说的话是：_____

1. 我能准确回答的问题数量：_____

2. 我与孩子答案完全一致的问题数量：_____

3. 我完全不知道答案的问题数量：_____

4. 我的认知与实际情况偏差最大的三个问题是：
   ①_____ ②_____ ③_____

5. 完成本表后，我最意外的发现是：_____

6. 我最想立即了解孩子的三个方面是：
   ①_____ ②_____ ③_____

7. 我将采取的具体行动是：_____

8. 我计划与孩子深入交流的话题是：_____

附表 2：我眼中的爸爸妈妈

关于爸爸 / 妈妈的日常

1. 爸爸 / 妈妈每天起床后做的第一件事是：_____

2. 爸爸 / 妈妈工作时最常说的口头禅是：_____

3. 爸爸 / 妈妈每天花时间最多的三件事：_____

4. 爸爸 / 妈妈手机里使用最多的 App 前三名：_____

5. 爸爸 / 妈妈最近偷偷买过的东西是：_____

6. 爸爸 / 妈妈最讨厌的家务活是：_____

7. 爸爸 / 妈妈最近一次开怀大笑是因为：_____

关于爸爸 / 妈妈的秘密

8. 爸爸 / 妈妈小时候最害怕的东西是：_____

9. 爸爸 / 妈妈现在最焦虑的事情是：_____

10. 爸爸 / 妈妈最不想让别人知道的缺点是：_____

11. 爸爸 / 妈妈手机相册里最新一张照片是：_____

12. 爸爸 / 妈妈最近一次偷偷哭泣是在什么时候：_____

13. 爸爸 / 妈妈最想实现的个人愿望（与我无关的）：_____

14. 爸爸 / 妈妈最后悔的一件事是：_____

关于爸爸 / 妈妈的内心

15. 爸爸 / 妈妈觉得我最大的优点是：_____

16. 爸爸 / 妈妈最想让我改掉的坏习惯是：_____

17. 爸爸/妈妈认为我最需要学会的生活技能是：_____

18. 爸爸/妈妈最担心我未来会遇到什么困难：_____

19. 爸爸/妈妈最骄傲的关于我的事情是：_____

关于我们的联结

20. 爸爸/妈妈最想和我一起做的事情是：_____

21. 爸爸/妈妈最不喜欢我和 TA 说话的方式是：_____

22. 爸爸/妈妈为我做过最浪漫、最特别的事是：_____

23. 如果我能帮爸爸/妈妈实现一个愿望，TA 会想要：_____

24. 爸爸/妈妈最想对我说却从未说出口的话是：_____

25. 我给爸爸/妈妈打_____分（满分 100），扣分是因为：_____

林老师说：

教育不是单向的教导，而是双向的看见。有效的教育，从打破认知茧房开始。

孩子往往比忙于生活的父母更善于观察，感受力更敏锐。大多数父母会低估孩子对其工作压力的知晓度，而大多数孩子能准确描述父母起床后的第一件事，父母则往往以为孩子从不观察。

父母关注孩子的问题行为，孩子却在观察父母的情感需求，这种错位往往是亲子矛盾的潜在根源。

当父母看到孩子笔下的自己，会引发他人视角下的自我认知。尤其是孩子眼中的自己，更会触动家长的心。这种冲击比单纯讲道理更有效。

建议家长们可以每月使用一次这份填表。填完后，您还可以把里面的每一道问题变成一个话题。

放下情绪、预设与评判，去倾听和了解孩子的心声，发现自己对孩子的认知偏差，从而帮助我们更深入理解孩子的内心世界，助力亲子关系的深化。

第二节

茶室辩论：快乐从何而来

家长们走了，留下的茶水还冒着热气。七个孩子挤在沙发上，空气里飘着茉莉花茶的夏日气息。

晚饭后，林老师和孩子们坐在茶桌前，开始了第一课。

说是第一课，也与我预想的很不同。林老师既没备课，也没准备任何教材、教具，空着手就来了。

孩子们笑嘻嘻地问道："林老师，您要给我们上什么课呀？"

林老师笑道："我也不知道上什么，在这里你们是小主人，要由你们来决定如何学习。"

孩子们摇摇头，眼神迷茫，没人吭声。

林老师鼓励他们想一想对什么话题感兴趣，问了几次依然没人举手。

林老师说："大家有没有发现，不知道自己想要什么，这本身就是一个问题。"

"是啊,我不知道自己想要什么!"十岁的悠悠说道。

其他孩子依然不说话。此时好像有点卡顿,氛围陷入停滞。

林老师依然微笑,从容平静,她的目光扫视过每个孩子,好像在观察和捕捉什么。

这时,乐乐小声说了句:"我想要个苹果手机!"

大家笑了。他似乎怕林老师批评,也缩着脖子不好意思地笑起来。

林老师走向他,微笑问道:"你为什么想要个苹果手机呢?"

乐乐有点不好意思地说:"因为爸爸新买了苹果手机,玩游戏很丝滑,像在冰上溜宝石!"

夸张的比喻让大家都笑了,带着善意的温度。

乐乐又说:"但我现在用的是他的旧手机,我也想要他那样的。"

"你为什么希望玩游戏不卡顿呢?"林老师问道。

乐乐说:"因为这样手感好,玩得很爽。"

林老师拍拍他的肩,微笑说道:"你是第一个敢于表达自己需求的人。"

这句话描述了事实,但乐乐的眼里透出了小小的自豪。

林老师问道:"你们有没有发现乐乐想要的到底是什么呢?"

"他想要的是爽,是快乐!"孩子们说道。

林老师说:"很好!还有谁也来说说自己想要什么?"

我发现只要允许谈学习之外的东西,孩子的话就多了,他们开始手舞足蹈地倾吐愿望:

非非说她想买下整个糖果屋的金币;小川说想要集齐九百九十九张奥特曼卡;小叶子说想见到自己喜欢的明星,还有签名与合照……

　　林老师笑眯眯地看着大家七嘴八舌地表达着各种心愿，说道："我们想要的东西，看起来各式各样，但最终都指向同一个目的——让自己感到快乐，大家说是这样吗？"

　　孩子们想了想，都说是，毕竟没人主动给自己找不快乐。

　　林老师说："我们都希望得到快乐，那么快乐是从哪里来的？是依靠外界事物而来，还是源于内心呢？"

　　孩子们七嘴八舌地讨论起来。

　　有孩子说要依靠外面的东西，比如没有钱就不可能快乐。

　　有孩子说，那很多人有钱了也不一定天天快乐呀！

　　林老师笑道："这样吧，我们来玩个辩论游戏：认为快乐需要依赖外界事物实现的，就坐在左边；认为快乐是源于内心的，坐在右边。"

　　辩论赛拉开帷幕，孩子们推着椅子抢占正方和反方，像一群忙碌搬运坚果的小松鼠。

　　小川为证明快乐需要外界事物，当场表演吃桂花糕，他鼓着腮帮子含糊道："看！美食就是快乐开关！"

　　悠悠立即举起反例："上周我帮老奶奶捡拐杖，没拿任何东西也超开心！"

　　最精彩的交锋是然然和小叶子引发的。

　　然然说："我拿一百块钱去吃了顿烧肉，我感到很快乐，所以快乐源于外界事物。"

　　小叶子说："我不同意。假如我捡了一百块钱，没有用它去买吃的，而是还给了失主，这时我还是会感到很快乐啊。这说明快乐可以不依赖外面的事物。"

非非反驳道："如果你没有捡到这一百块钱，你就不可能还给失主，那你连这种快乐也没有了，说明快乐还是依赖于外界！"

小叶子说："善良是住在心里的。我把钱还给失主就很快乐，说明由善良带来的快乐也是住在心里的！"

我被惊到了，没想到他们的思维如此清晰敏捷。

悠悠说："我觉得物质满足带来的快乐是短暂的，精神上的快乐更长久一些。比如我吃了顿好吃的，快乐一会儿就没有了。如果我帮了别人，或者学到了新的知识，那种快乐可以一直留在心里。"

…………

孩子们有搞笑的，跑题的，更有许多让人惊喜的智慧火花。林老师静默微笑，不做干涉。

快到休息时间，火热的辩论不得不暂停。

林老师最后做了简单的总结，她没有给出标准答案，既不表扬谁，也不批评谁，而是分享了她很欣赏的几个环节，以及自己的想法和感受。这种真诚、中立的反馈，孩子们听得津津有味。

我被触动了。想起实习时，我追求课堂流程正确，希望孩子们表现完美。对比之下，我看到自己的控制欲与不信任。

在林老师这里，没有控制，也不追求完美，一切为了孩子真实地成长。教育者，是让自己成为隐形的引导者。当学生忘记讲台甚至老师的存在，当思考变成自发的快乐，真正的教育便发生了。

林老师说：
将思考的主体交还给孩子，破除权威姿态，才可能有真实的成长。

使用苏格拉底式对话法，通过连续追问引导深度思考。对乐乐想要手机进行剖析，然后将严肃议题包装成辩论游戏，降低认知难度，鼓励自由思考。最后以观察者的身份分享，不下定论，保持思维的开放性。

这是一种双方共同生成的教育方式，没有明确的目标和固定的模式，是双方心灵自然的碰撞。它可以出现在师生共创的课堂上，也可以出现在全家人的餐桌上，父母和孩子散步的路上，旅行的大巴车上。

整个过程，父母可以与孩子共同创造、发现、思考、体验。父母的心态要高度开放，对现场事件高度敏感，然后灵活把握、随机应变。

只要不够放松，有焦虑、控制与狭隘，这种交流就很难继续。这要求父母要有包容的松弛感，既善于发现生活中的小困惑、小乐趣、小亮点等教育契机，又能给予孩子充分的鼓励和引导。

与孩子有这样美好的交流碰撞，是一种可以滋养双方的幸福。

第三节

劳动换午餐：乡村实践

走在乡间的小路上

山雾还未散尽时，我跟着林老师走进茶室。孩子们正围在一起，叽叽喳喳地讨论王者荣耀里哪个人物最厉害。

林老师听到他们的争论，笑眯眯地说："要我看呀，最厉害的人不是最凶猛、武器最多的人，而是最会解决问题的人。"

孩子们好奇地抬起头看着林老师。

她拿起身边的小竹筐，说："我和张阿姨要去村里买些菜，打算在村里吃午饭。"

林老师停了停，又笑道："如果你们也想去，得用自己的劳动去换午饭。但这个呀，对你们估计有点儿难，谁愿意接受挑战？"

孩子们好奇，被激将起来，一个个马上手举得老高，喊道："我要去，我要去！"

我也猜不透林老师的葫芦里卖的什么药。王叔叔留守，我和林老师、张阿姨带着七个孩子往村里走。

阳光洒在田野上，空气中弥漫着泥土和青草的气息。孩子们像一群欢快的小鸟，叽叽喳喳地跟在林老师身后，时不时指着路边的什么东西，兴奋地讨论着。

林老师目光温柔地看着孩子们。

她对我说："孩子们刚到陌生的环境，要先带他们出去转转。熟悉环境的过程既可以建立安全感，也会激发孩子们的好奇心与探索欲，让他们对新环境产生兴趣。"

忽然，一只小松鼠蹿过他们的脚边，孩子们顿时被吸引了目光。悠悠眼睛一亮，轻声说："看，松鼠！真的和绘本上画的一样！"

这里的一切对孩子们来说都是新鲜的，他们总能找到意想不到的乐趣。

孩子们在山间小道上嬉戏，或是停下脚步观察地上的蚂蚁搬运食物，或是兴奋地指着空中飞过的大鸟，眼中充满了纯真的惊奇与发现。

我们路过一片菜地，几个村民正弯腰忙碌着。一位老爷爷抬起头，笑着挥了挥手："林老师，又带孩子们出来散步啊？"

"是啊，李爷爷。"林老师笑着回应，"今天天气好，带他们出来走走。"

孩子们也纷纷打招呼，爷爷拔了摘了几根胡萝卜送给他们，他们兴奋地道谢。

林老师站在孩子们身后，静静地欣赏着眼前的风景。她喜欢这样的时刻，孩子们的笑声、田野的气息、夕阳的光芒，一切都那么美好。

快乐的劳动小组

孩子们没忘记劳动换午饭的事，他们边走边讨论，看起来把握十足。

路过晒谷场，一位戴草帽的大爷正在收豆秸。孩子们一下就忘了讨论时的"豪言壮语"。站在路边，你推我搡，谁都不肯先开口。

林老师弯腰捡起路边的簸箕，笑道："张伯，您家虎子该上初中了吧？"

"是啊是啊，成绩也不好，天天就知道玩！林老师，您带孩子们出来转转啦！"

大爷直起身子回答，洪亮的嗓门让紧绷的气氛轻松起来。

非非鼓起勇气，小声说："爷爷，您需要我们帮你做事吗？"

大爷笑道："哎呀，这些娃娃真懂事！不用啦，你们干不了这些累活儿！"

孩子们有些失望，但是有了第一次就不怕第二次。过了一会儿，一位扛锄头牵着小女孩的奶奶走过。他们你看看我，我看看你，想说又不敢。

林老师说："这位奶奶又要做农活，又要带小孩，可能会需要帮助呢。"

他们不再犹豫，向奶奶的背影追去。我听到小叶子清脆的声音："奶奶！您需要帮忙吗？"

山村寂寂，他们的对话清晰地传来。有小叶子打头阵，孩子们很快和奶奶热情地聊起来，问她家里有几口人，在干什么。孩子们向奶奶表达了想用劳动换一顿午饭的需求，没想到善良的奶奶爽快地答应了。

孩子们高兴得直叫，他们抢过奶奶的锄头，热热闹闹地就去了奶奶家，我们也跟着过去了。

林老师、张阿姨和奶奶边聊天边择菜。我惊奇地看到小叶子和悠悠在给小女孩扎辫子，非非在扫院子，其他男孩子帮奶奶砍竹子、搬柴火，打扫卫生。

孩子们小脸专注，目标清晰地忙碌着，每个人洋溢着充实与快乐，劳动小组自发地组织起来。

小叶子和悠悠又去为奶奶收拾卧室，把衣服叠好后，还去厨房打下手。奶奶能干又热情，大家也一齐动手，很快，一顿香喷喷的午饭上桌了！

孩子们一起端菜布筷，各种香喷喷的时鲜小菜，让人食欲大开。

孩子们等大人坐上桌再入座，奶奶一个劲地劝菜，这顿饭吃得很香。

孩子们都被奶奶的热情好客感动了，他们悄悄把林老师拉到一边，说想凑些钱给奶奶。

林老师笑着赞许："我也是这么想的。"

于是大家一人二十，正好凑了一百元钱。离开时，小叶子代表大家把钱送给奶奶，淳朴的奶奶怎么都不要。

小川机灵，把钱偷偷塞到奶奶围裙兜里。孩子们装着推辞不过，等走远了，他们一起大声喊道："奶奶——看看你的兜里有什么！"

孩子们喊完撒腿就跑，生怕奶奶追上。一路欢笑，好开心！

这顿午饭，我相信孩子们会终生难忘。

林老师说：

美国教育学家杜威说：教育即生活。教育不在别处，不是为了某个将来的目标，而是当下发生的事，教育要在真实的土壤里生根。

孩子们从策划时的天马行空，到直面时的瑟缩胆怯；男孩子搬柴时汗湿了后背；高冷的小叶子温柔地为小女孩扎辫子；不爱干活的非非握着比自己还高的扫帚清扫庭院；最后他们用辛勤的劳动，换来香喷喷的午饭时，教育已从概念认知，转化为身心相融的记忆。

这种全身心投入的学习，远比背诵"劳动光荣"的课文更具穿透力。在真实的劳动中，责任感、价值感与感恩心悄然生长。

孩子们商量如何补偿奶奶，是爱心与责任的体现。面对拒绝时的灵活调整，还有小川塞钱时的机敏与同理心，这些核心素养在真实的人际互动中生成，远比苍白的说教更有效。

整个过程中，我始终在观察者、引导者、记录者三种角色间转换：在村口保持"教育留白"，给足试错空间；在关键节点轻推一把，鼓励行动；在晚餐时悄悄观察记录每个孩子的突破瞬间，择机反馈。

教育的真谛，或许就藏在退后一步的智慧里——当我们不再执着于预设的目标时，孩子们真正的学习成长才刚刚开始。

这种动态角色的切换，既保护了孩子们实践的原生态，又确保了教育目标的有效达成。

孩子们自发凑钱补偿奶奶时，抽象的感恩教育有了真实的载体。这种略带稚气的善意表达，比程式化的捐赠仪式更能滋养心灵。

这场实践证明：当我们敢于打破固化的学习模式，把认知冲突、情感震荡、行为抉择，真实地挪移到生活现场时，教育就会迸发惊人的生命力。

第四节
集体大扫除：劳动中的温柔心

又脏又乱的宿舍

从村里回来的路上，孩子们很兴奋，一路谈论着在奶奶家的事。

张阿姨欣喜地对我们说："孩子们真棒！特别是非非，在家不爱干活，没想到这次这么能干！"

非非听到妈妈夸赞，掩饰不住地开心，扭过头偷笑。

小文也骄傲地说："还有我呢！我们搬完柴还去擦桌子，厨房的窗户也被我们擦得干干净净！"

乐乐得意地说："是啊，奶奶说家里看起来都亮堂了！"

带着一路的兴奋分享，孩子们回到山上。可是当他们推开宿舍门时，眼前的景象却让他们有点儿不自在：

地上散落着零食包装袋，床铺凌乱不堪，书桌上堆满了乱七八糟的物品，有的房间地上还躺着几只臭袜子。

悠悠说："我们刚把奶奶家打扫得那么干净，怎么自己的宿舍这么乱？"

"是啊，对比之下，感觉我们的房间真脏！"小川挠了挠头，有点儿不好意思。

其他孩子也纷纷点头，但谁都没有动手打扫的意思。他们似乎觉得帮奶奶打扫卫生是做好事，自己的房间嘛，脏一点儿没关系。

新津春子的故事

林老师过来了，她看了看凌乱的房间，又看了看孩子们，微微一笑，说："今天你们帮奶奶打扫卫生，做得很好。我下午准备看一部很有意思的纪录片，大家要不要一起看？"

孩子们立刻来了兴趣，然然问："林老师，是什么纪录片啊？"

林老师神秘一笑，说："下午两点半，小书房。你们来了就知道了。"

下午孩子们准时来到小书房，林老师已经开始在放映了。

非非一下就被镜头里的画面吸引了：只见一位阿姨正跪在机场的地上，用一块白布仔细擦拭着地板。她的动作轻柔而专注，仿佛在对待一件珍贵的艺术品。

"她是谁？为什么擦地都这么认真？"非非忍不住问。

林老师按下暂停键，说道："这部纪录片名叫《新津春子的清洁之道》，讲的是一位日本国宝级清洁员的故事。"

林老师总能调动孩子们的好奇心，小川问："清洁员还有国宝级？难道是清洁员中的大熊猫吗？"

小川的话引得大家笑起来。林老师笑道："这是个好问题，现在请大家坐好，不随意说话走动，咱们一起来看看她的故事吧！"

我也搬了小板凳坐下，和孩子们一起津津有味地看起来。

新津春子出生在中国沈阳，父亲是二战时的日本遗孤，十九岁她全家移居日本。因为生活贫困，后来在羽田机场做保洁。

通过多年的努力，新津春子负责的清洁团队，使羽田机场获得"世界最干净机场"的称号，她也成为日本著名的清洁达人。

镜头里的新津春子总是笑得一脸灿烂，只要见到垃圾脏物就微笑着立即投入工作。

当孩子们看到她竟然用小镜子努力地去照着马桶内侧，检查里面是否有污渍时，不由发出惊叹声！他们被春子追求极致的标准所打动——原来清洁卫生可以做到这种程度！

春子讲述，在她的成长历程中，一位名叫铃木的领导对她影响巨大。

早些年，尽管春子的工作非常努力，曾获得清洁技术比赛第二的好名次，但她一直得不到铃木的认可。

直到有一天，铃木的话让春子茅塞顿开："清洁工作要有一颗对客人的温柔体贴之心，如果只满足技术层面是不可能达到极致的。"

春子恍然大悟，她发现自己之前拼命磨炼清洁技能，是为了让别人赞赏自己厉害，却从没思考过怎样才能让客人感到更舒适。

从那之后，春子对着镜子练习微笑，把机场当家，把来往的乘客当家人，处处用心考虑如何带给别人更多的温柔体贴。

就这样，春子凭着这颗心，由术至道，最终成为日本的国宝级匠人。

原来，再高超的技术也比不上一颗真诚的心。道，最终要与心相合。

清洁中的道与术

看完纪录片，孩子们很安静，林老师发出三问："什么是工作中的温柔体贴之心？为什么要有这样的心？我们在劳动中，如何体现这颗心呢？"

孩子们经过讨论，认为温柔体贴之心，是在劳动中善于为他人着想的心。

小文说："拖地的时候拖把不能太湿，否则别人走的时候容易滑倒。"

小叶子说："整理公共物品时，不能只顾自己方便，还要考虑大家拿取方便。"

悠悠说："打扫卫生间不仅要干净整洁，还可以放些花草装饰，让使用的人心情更愉快。"

明确心态后，接下来是方法。林老师又问："如果我们要做清洁，合理的流程是怎样的？需要先做哪些准备？"

工欲善其事，先必利其器。孩子们说干活前要先准备工具箱，配备好清洁用品，比如抹布、刷子、清洁剂、苏打粉等，这样才能更方便高效。

方法越讨论越清晰。孩子们个个摩拳擦掌、跃跃欲试，干活的积极性十足。

非非最直接了："什么都不说了，看我一会儿怎么做吧！"

我更能干了

整个下午，孩子们出奇地忙碌。

他们将废纸箱改成清洁工具箱，贴上个人标签，把里面的清洁工具摆放得整整齐齐。

有的孩子蹲在地上一点点地清理垃圾；有的趴着打扫床底的灰尘；有的踮着脚擦窗户；还有的搭凳子上墙。

打扫完宿舍，他们还要打扫公共区域。乐乐把茶室的桌椅都挪了出来，趴在地上喷清洗剂，一块一块地刷，他说："我要给地板好好洗个澡！"

非非和悠悠把便池和地板擦得雪白锃亮，我进去时，非非直接一屁股坐在卫生间地上，得意地说："我用自己证明，我打扫的卫生间，干净得可以打地铺！"

小叶子边擦玻璃边哼歌，她说在给玻璃化妆，还让我看她与自己的倒影跳双人舞，乐呵得不行。

打扫走廊的小文和小川，因为地上的一块顽固污渍，他们一直蹲着，用废牙刷一点点地刷。花了半个多小时，最后终于清理掉，他们赶紧喊林老师来看，兴奋地说："我们帮地板去掉了一块牛皮癣！"

收工了，不知不觉间，他们竟然劳动了一个半小时！孩子们虽然说好累，但一个个面带欢笑，脸上洋溢着劳动带来的快乐与成就感。

当林老师再次推开孩子们的宿舍时，地板光洁如新，床铺平平整整，桌上的物品井然有序。女生宿舍的窗台上还多了两盆小小的绿植，阳光透过干净的玻璃洒进来，空气都变得清新起来。

再走出来看，从茶室、走廊到卫生间，处处干净整洁。小院仿佛被镀了一层光，上上下下焕然一新。

林老师微笑地问他们："为什么觉得累还这么开心呀？"

非非的回答让我感动："因为我做到了之前做不到的事，感觉自己更能干了！"

小叶子说："我发现把房间的垃圾都清理掉以后，自然就开心起来了！"

孩子们说着，笑着，我看着这一幕，心里也充满了欢喜。

林老师说：

劳动的本质是关怀他人与自我成长。

孩子们起初认为"为奶奶打扫是做好事，自己的房间脏点无所谓"，看完纪录片才明白：真正的劳动不仅是完成某个任务，更是怀着善意，为自己和他人创造更美好的环境。

当孩子们为地板"去牛皮癣"，给玻璃"化妆"，在卫生间"打地铺"时，他们眼中已不再只有"脏乱"，而是开始思考"如何让他人感到幸福"。这份换位思考的能力，正是责任感和同理心的萌芽。

新津春子的故事让孩子们发现，清洁工作也能达到匠人境界。当非非骄傲地展示雪亮的便池，小文和小川为一块污渍蹲守半小时，他们已不再抱怨劳累，而是享受突破自我的成就感。

这印证了当孩子用心投入时，枯燥的劳动也会转化为创造价值的快乐体验。

其次，快乐源于自我超越，而非外在奖赏。

活动结束后,孩子们虽满身疲惫却笑容灿烂。非非感叹"感觉自己更能干",小叶子说"清理垃圾后自然开心"——这种快乐源于内在目标的实现,而非外界的表扬。

这让我们反思:真正的教育不是灌输知识,而是点燃孩子心中向上、向善的灯,让他们在克服困难、服务他人的过程中,找到生命的意义。

最后,给父母的建议:鼓励孩子制定劳动目标,如整理书桌、养护绿植等。关注过程中的用心,而非结果的完美。

多给孩子创造为他人服务的机会:如家庭卫生轮值官,参加社区公益活动等,让孩子体会劳动的社会价值。

用"温柔体贴之心"的视角与孩子交流:"你觉得怎样做事会让他人感觉更舒服?"

让孩子在劳动中看见自己的力量,在付出中感受生命的温度。

第五节

舌尖上的春秋:肉松饼博弈论

分零食

家长们走的时候留了许多零食,说好了孩子们一起吃。有一次,我看到孩子们把所有零食平摊在地上,热火朝天地讨论如何分配。

受林老师的影响,跟孩子们相处时,我慢慢学会了多感受、多观察、少干涉、少说话。

我看到他们很快就有了方案:首先根据数量平分成七份,如果有的零食无法平分,就用"石头剪刀布"决定谁先拿。没有拿到的人,再拿别的零食作补偿。

他们迅速完成分配,每个孩子都觉得公平满意。

我在旁边看到这一幕,感到很有趣。

他们刚来时,常有争吵、抱怨,每个人都想得到更多,突现自私的本性,像原始社会。

很快他们就发现这样不能解决问题,于是找到了猜拳的方式裁决。

这种方式公平快捷,大到分配劳动、零食,小到谁先洗澡、谁先盛饭,成为他们解决争端的不二法门。

相处日久,孩子们渐渐懂得了体谅与包容,他们之间的矛盾越来越少,解决矛盾的方法越来越多,这就有点类似民主社会了。

这一切是如何形成的呢?在尊重与自由的基础上,他们慢慢探索出解决问题的方法。

肉松饼引发的"大战"

这天,小川的爸爸来看他,把带来的零食交给林老师,请林老师分配。

孩子们早就挤坐在一起，眼巴巴地盯着那包好吃的。

林老师笑眯眯地拿出一块金黄的肉松饼，孩子们兴奋地欢呼，调皮地凑过来闻着香味。

林老师说："咱们不急着分，先来玩个开脑洞的小游戏。"

有好吃的，还有好玩的，孩子们都开心地说好。

林老师停了停，神秘地说：

"现在，假设这块金黄的肉松饼是一块肥沃的土地，你们不再是友好的同学关系，分别是七个国家的首领。

"大家都想得到这块土地，得不到的话，自己的国民可能会饿死，国家可能要灭亡，这时你们会怎么办？"

"那我们还是用石头剪刀布！"孩子们纷纷说道。

林老师眨眼一笑，说：

"这次就不行了。首先你们不是同学关系了，也没有达成一致的协议，如果想平分，得七国和谈才行。

"另外，我们假设每个国家都不想平分，都想得到更多利益，这种情况又该怎样解决？"

他们歪着小脑袋思考起来。

林老师提醒道："大家可以结合春秋五霸、战国七雄和二次世界大战等历史事件，多想一想。"

非非恍然大悟："哦，可以发动战争，用武力解决！好，我们成立联盟国和敌国对抗！"

孩子们这下热闹了，马上开始"游说同盟""合纵连横"。

小叶子、非非和乐乐，三个大孩子形成联盟，悠悠、然然、小川、小文，四个人以数量为优势，组成另一个"四国联盟"。

他们的策略是先打败敌国，然后再解决盟友，最终的获胜者将得到整块土地——哦不，整块肉松饼。

孩子们仍然用猜拳的方式决定胜负。两个联盟国分别派代表出拳，他们说出拳一次就相当打了一仗。三局两胜，看谁是最终的赢家。

我们这些旁观的大人，被孩子们的奇思妙想逗得笑弯了腰。

几局"战役"下来，三人联盟国在此次"世界大战"中获胜。

解决了外部危机后，又出现内部矛盾。三人联盟起了内讧，小叶子一人"对战"非非和乐乐，然后非非又与乐乐开战。

非非姓赵，乐乐姓齐，大家戏称他们是"齐赵之争"。

最后，乐乐骄傲地扬着小脑袋，大声宣布最终获胜国为"齐国"时，所有人笑得前仰后合，茶室的天花板都要被掀翻了。

好不容易止住笑，林老师说："除了战争，还有什么方法可以解决争夺肉松饼的问题？"

孩子们说，还可以请联合国来仲裁，运用法律来和平解决问题，毕竟战争的成本太大，即使赢了也不划算。

调皮的小文说，还可以用美人计和离间计来智取。其他孩子们马上又叫道："对，用三十六计！"

他们七嘴八舌地讨论到谋略了。有机灵的孩子发现他们好像中计了，说道："原来林老师是老天爷啊！老天爷，你就把这块土地让给我们吧！"

林老师也大笑起来，悠悠说："好哇，我才发现林老师用一块肉松饼引得我们学了这么多东西，原来是个套啊！我们要揪出这个幕后黑手！"

他们装着鬼脸作势要来吓唬林老师，林老师边笑边躲，说道："好，那我这老天爷就撒手不管你们了，你们想怎么分就怎么分吧！"

话音刚落，孩子们就"智取"抢过林老师手里的整袋肉松饼，请乐乐给大家均分。我们也跟着分得一块，又吃又玩好开心。

"肉松饼"的历史

吃完肉松饼，林老师对孩子们说："现在世界大战已经结束，诸位国君们，假如你们要记录本国的历史，留待后世子孙，请问你们会怎么写？"

他们七嘴八舌地讨论起来。

有的说，虽然我最终输了，但中途也打过几场胜仗啊，这些必须详细记录下来；

有的说，我要重点记录本国战士的英勇不屈以激励后人；

有的说，我要写侵略者是如何狡猾可恨，是他们让我们这么悲惨；

乐乐最得意了，他晃着脑袋说："那我肯定是要大书特书我的光荣胜利史了！"

林老师笑问：

"首先，不管是大战中的胜者还是败者，对于本国人民来说都是统治者。

"作为诸侯国的国君们，你们希望让你的人民看到自己倒霉悲催的黑历史吗？

"其次,你们有没有发现,写历史的人站的位置不同,所写的内容也不同?

"胜利者乐乐,和输得最惨的小川,面对同一个历史事件,他们会讲得一样吗?"

孩子们笑起来,小叶子大呼道:"哦——难怪说历史是个任人打扮的小姑娘!"

林老师说道:

"现在请大家在书架上找一本历史书,挑出一个历史故事。

"阅读之后,请讲出故事中的'肉松饼'是什么,争夺'肉松饼'的各方是谁,以及他们是如何争夺的。讲得最好的同学就再奖他一块土地——哦不,肉松饼!"

孩子们笑着跑到书架前各自挑书,茶室里很快安静下来,只有翻书的沙沙声。

一会儿,非非就准备好开讲了:"从前,有块叫罗马的'肉松饼',有个小朋友叫汉尼拔·巴卡……"

乐乐也讲了一个,条理清晰,定义明确。更难得的是他拓展了肉松饼的内涵,讲了一个历史上争夺话语权的故事。乐乐认为话语权就是双方当时都想争夺的"肉松饼"。

林老师很赞赏,又借机问孩子们:"除了土地、国家、话语权以外,肉松饼还可以是什么?"

孩子们说"肉松饼"还可以是某个人、某件物品,以及某种权利。

林老师补充道:"很好!'肉松饼'还可以是某个观念。相比争夺土地,争夺某个观念和想法的现象,在生活中几乎天天上演。请大家去用心观察。"

孩子们继续兴趣十足地读历史、讲故事,回到宿舍还在看书讨论。

我看呆了。这是历史课、政治课,还是心理课?再想一想,这也不是什么课堂,就是孩子们分零食聊天啊!可是林老师总能在生活小事中,神奇地信手拈来,给予孩子们快乐又饱满的精神滋养。

我问林老师是如何做到这样的,她这样回答——

林老师说:

好的父母和老师,就像春天的土壤,不是把养分硬塞给种子,而是让种子在温暖湿润的环境里,自己萌发出生命的力量。

好的教育活动有三个支点:生活亮点、游戏载体、思维拓展。

分零食是捕捉到的生活亮点。由这个话题,自然引出历史上的资源争夺。每个生活片段都是一粒知识的种子,我们要像园丁一样,随时准备捡起来。

其次是游戏载体。孩子们从"石头剪刀布"升级到"合纵连横",从个人战到联盟战,从武力征服到谋略制胜,最后引入历史视角。而这一切并非从单薄的文字上看到,而是在游戏模仿中自然产生。

第三是思维拓展。从肉松饼的具象认知,到资源争夺模型的抽象思维,再到叙事视角的批判反思,最后是寻找新"肉松饼"的创造应用。

简单的分零食活动,变成促进孩子知识内化、思维成长的精神食粮。非非讲汉尼拔·巴卡,乐乐谈话语权,这就是思维发散拓展的痕迹。

这一切的发生没有预设，是对孩子们的信任与放松。当下正在发生的事，以及与孩子们的互动，一步一步走到这里，过程中有些珍贵的东西便自然呈现。

保持谦卑之心。教育不是往桶里灌水，而是点燃火把，激发孩子们的潜能。其实不光对于孩子，对于我们自己也是如此。

第六节
守护感受力：与世界对话

三分钟观察

每次午休后，孩子们就自发跑到茶室来，今天他们又围着林老师坐了一圈。

我看了不禁暗笑：这个所谓的夏令营，连个课程表都没有，但孩子们却怪听话的，到了点就主动跑来找林老师。

孩子们你一句我一句地闲聊着。桌上摆着茶壶、茶杯、花瓶，还有一只不起眼的滤茶网。阳光斜斜地洒在木桌上，宁静和谐。

林老师放下手里的书，微笑地对孩子们说："请每个人在茶桌上挑选一样东西，从各个角度静静地观察三分钟，然后分享你感受到了什么，发现了什么。"

孩子们好奇地从茶桌上挑选各自中意的东西。有的孩子拿茶杯，有的拿茶漏，有的拿花瓶，有的拿泡茶的盖碗。安静中，他们开始观察把玩。

三分钟后，乐乐向大家展示他看到的滤茶网："它是金属做的，形状看起来像个银色的酒杯，里面有一层网，茶水倒进去后会把茶叶留在上面。"

林老师说："乐乐观察到的是它的形状和功能。"

悠悠举起一个小花瓶说："这个花瓶的上半部分是棕色的，下面是蓝色的，瓶口看起来像一朵花。花瓶的肚子有点大，摸起来感觉不是很光滑。"

林老师说："摸起来不光滑的感觉叫作粗糙。你观察到了这个花瓶的颜色、形状和触觉。"

非非拿起盖碗茶杯，说道："这个茶碗的颜色是淡青色，有褐色的花边，看起来很淡雅。碗底有条桃红色的小鱼，让它又多了点活泼的感觉。整个碗的造型很优雅，有一种美的意象，我很喜欢这个茶碗。"

林老师说：

"非非刚才说到了一个词叫意象，这让我很惊喜。意象一般是指透过事物，传递出某种情感或审美感受。

"比如古人看到月亮就怀念家乡，月亮就有思乡的意象；荷花让人联想到高洁，松树让人觉得坚韧，这些感受和联想都是事物带给我们的意象。"

小川说："我的花瓶上有浅绿和白色，看起来很淡雅。上面的白色部分像水滴，我猜是在制作时滴上去形成的。它摸起来是光滑的，瓶口很小，手指可以伸进去，还觉得热热的。"

林老师说："你从色彩的形状推理出它的制作方法，还从不同的角度观察它，这些想法和角度都很棒。"

接着林老师把他们的两个花瓶放在一起，让孩子们进行对比观察。

两个花瓶引发的联想

林老师举着两个花瓶问孩子们："它们分别带给你们什么感受？"

小文说："蓝色花瓶让人感觉沉重厚实，绿色花瓶让人感觉清新雅致。"

然然说："蓝色花瓶像秋天的感觉，绿色花瓶是冬天走了，春天刚来的感觉。"

小叶子说："蓝色花瓶很古代，绿色的比较现代一点。"

林老师微笑道："如果我们把花瓶比作人，它们分别像什么样的人？"

孩子们热闹起来：

"蓝色的花瓶像个中年人，绿色的像位姑娘！"

"蓝色的花瓶像书生，绿色的像出生不久的小孩儿！"

"蓝色的像一位隐士，绿色的像林老师！"

"如果把花瓶比作四季呢？"林老师继续启发。

"蓝色的花瓶是秋天,因为褐色是秋天落叶的颜色,有点孤独的感觉。绿色的花瓶是春天,初春小草刚发芽!"

"不,蓝色的花瓶是冬天,因为它感觉很冷清,蓝色是冷色调。"有孩子说。

"绿色的花瓶像夏天,像荷叶的颜色,白色也显得很清凉!"又有孩子说。

林老师不做评判,又笑道:"如果花瓶是古诗,它们会让你们想到哪些诗?"

他们一下子背出好多诗:有"不知细叶谁裁出,二月春风似剪刀""孤舟蓑笠翁,独钓寒江雪""儿童放学归来早,忙趁东风放纸鸢""月落乌啼霜满天,江枫渔火对愁眠",等等。

孩子们边背边笑,比谁说得多。

林老师又笑道:"如果花瓶是歌曲呢?"

这下更热闹啦,茶室里顿时响起他们边笑边唱的歌声:

绿色花瓶是《一百万个可能》里的"在一瞬间有一百万个可能";蓝色花瓶是里的"雪花飘飘,北风萧萧,天地一片苍茫"——没想到他们还会这首老歌呢。

他们还唱《经典咏流传》里的歌:蓝色花瓶是《定风波》,绿色花瓶是《山居秋暝》。

我暗暗赞叹他们的想象力。别说,这两个花瓶给人的感觉与这两首歌还真匹配!

因为这两个花瓶,茶室里有形有色,有景有画,有诗有歌,满室活色生香。

一杯茶的六种滋味

林老师准备泡茶了。她为孩子们摆好茶具，又点上一支檀香。

林老师说："请大家看一看茶叶的颜色。"

孩子们凑上去看："是深褐色的，上面还有一点点白色的小细毛！"

林老师倒入热水，说："请闭上眼睛，听——"

孩子们安静下来："水声像小溪流过石头！"

林老师说："现在用鼻子闻一闻。"

悠悠说："有茶的香味，是春天的气息，像晒干的青草！"

小文说："还有檀香的味道，让人感觉心里很安静。"

林老师把茶倒入每个孩子的茶杯里："再用舌头尝，慢慢喝，别急着咽下去。"

小川说："茶是苦的，但喝到后面就不苦了。"

非非抿了一口，眼睛亮起来："我喝着是甜的，是带着清香的甜！"

林老师说："请感受茶喝进身体的感受，手摸着茶杯的感受。"

小川说："我感觉从喉咙到心里都是暖和的，背上在发热，好像还有点儿冒汗呢。"

然然说："我感觉手有点儿烫。"

林老师问："请大家再安静地观察一下，此刻坐在这里，有什么感受？你想到了什么？"

非非说："我想到我妈妈也经常在家这样喝茶。"

小叶子捧着茶杯，轻声说："我觉得心里好安静，像坐在山顶看云。"

我坐在旁边，和孩子们一起感受当下，心越来越宁静，真想待在这美好的下午茶时光里不出来。

会说话的衣服

品茶快结束时，张阿姨走过来，提醒孩子们要去洗自己的衣服了。

孩子们准备好洗衣盆和洗衣液，在卫生间的走廊摆起洗衣盆。

林老师路过，笑眯眯地说："假如你是盆里的衣服，正在被你的小主人搓洗着，请问会有什么感受呢？我们来接龙吧！"

啊？我是盆里的衣服？好好玩！

孩子们都乐了，一人一句说起来。一旦给了他们这个有趣的视角，他们的感受力和想象力就被激发出来了，种种有趣的说法让人忍俊不禁。

"哎呀！小主人的指甲刮得我好痒！"

"泡泡钻进我的领口啦，好像在挠痒痒！"

可爱的然然，把湿漉漉的袖子举到耳边："林老师你听，水珠滴下来的声音像是在说：再见啦脏东西！"

小文说："衬衣会抱怨'我的小主人总是拿我擦鼻涕'，还有我的袜子会说'为什么总让我和臭球鞋待在一起！'"

我笑喷！孩子们更是笑得差点儿把洗衣盆打翻。笑声惊起树上的鸟，它们也跟着嘎嘎地笑起来。

林老师说：

感受力是孩子认识世界、理解他人、表达自我的重要能力。它不仅是艺术、文学、科学的基石，更是孩子未来幸福生活的关键。

小叶子捧着茶杯说"像坐在山顶看云"，然然听见水珠在说"再见啦脏东西"，这些看似天真的表达，正是他们与万物建立情感联结的开始。

我们总希望孩子专注，却常忘了专注的前提是感受当下。当孩子们听到倒茶声像小溪流过石头，将花瓶的色彩与诗歌联系在一起，这就是静定感受的力量。这种力量正在帮孩子织就一张细腻的"感知网"。

终有一天，这张"感知网"会让孩子在奶奶咳嗽时主动递上一杯温水；在发现同学情绪低落时，轻轻拍拍肩；更会在看见晚霞时，心底自然涌现出诗句。

父母们可以在洗碗时问孩子：水流是在慢慢散步，还是急着赶路？窗外的大树正在想些什么？叠衣服时聊一聊，这件T恤此刻是什么心情？

带孩子走进自然，听风声、闻花香、触摸树皮，鼓励他用多种感官感受世界。还可以每天留出十分钟，和孩子一起静坐、冥想或观察，培养专注与觉察的能力。

多问孩子你感觉到了什么，而不是你记住了什么。教育的美好，在于让孩子在平凡日常中触摸世界的温度。

当孩子突然说"妈妈喝茶的样子很美"，或者主动把乱丢的袜子放进洗衣篮——这些瞬间，都是感受力开出的花朵。

第七节

不怕写作文：用感官唤醒文字

为啥要写作文

蝉鸣穿透窗纸的清晨，我跟着林老师走进茶室时，小叶子和非非正趴在茶桌上叹气。

原来是快开学了，她们还有好几篇老师布置的暑假作文没完成。

非非说："我一想到要写作文就发愁！每篇至少要凑够五百字，我太难了！"

小叶子也愁眉苦脸地说："谁说不是呢？初中的作文还要八百字起步呢！"

林老师见状，笑道："要不今天就来写一写？"

小叶子好奇地说："林老师还教作文课？"

林老师卖关子，说道："孩子们，谁来猜猜我大学时怎么挣生活费？"

小文猜是送外卖，乐乐猜当销售，还是小叶子聪明，她想了想，大声说道："教作文！"

林老师笑了:

"正确!当年我在少年宫教写作,每节课都有好玩的游戏!

"好作文不是挤出来的,是长出来的。学任何一门学科之前,要先弄清楚它的来源、实质是什么,抓住核心才能事半功倍。大家想一想,我们为什么要写作文呢?"

乐乐说为了记录生活,非非说为了以后可以回忆过去,小文说就是因为喜欢。

林老师说:

"为什么大家怕写作文,是因为一个空洞的作文题,很难调动起你们的感受与想象,就觉得写不出来了。不过这很正常。

"写作文其实很简单,就是用我的手写我的心,把自己对某件事物的观察、感受、想法、行动等记录下来。"

林老师让我给孩子们拿来纸和笔,然后神秘地笑了笑,说:

"要想写好作文,首先要有丰富的体验和感受。

"接下来,我先会出去,再敲门进来,送给大家一个小惊喜。你们用心地去观察和感受我进门后发生的事,最后再把这个过程写下来,就是一篇好作文。

"大家别担心,作文不限字数,不限内容,想写什么就写什么!"

有小惊喜,还可以随便写,林老师似乎总会变出各种好玩的魔术!孩子们好奇、兴奋又期待。

林老师走出茶室,"咚咚咚"敲门——

茶室里接下来发生的事嘛——咳,干脆直接跳过,就让小叶子写的作文直接讲述吧:

巧克力味儿的作文课

作者：小叶子

"咚咚咚"，敲门声让大家顿时安静下来。

林老师满面笑容地走进来，从身后拿出一件宝贝，她说："我们来观察一下这个小盒子，并猜一猜里面是什么。"

我仔细一看，是个小铁盒，爱心的形状，上面还开着一朵朵鲜艳的花儿，它们仿佛在争着说"我最美丽"。铁盒中间还印着 KISSES 的英文，我猜里头可能会是巧克力！

当林老师揭开谜底，把盒子打开的一瞬间，我们十分好奇。打开之后，我们从好奇转变成惊讶和尖叫：一颗颗巧克力排成排，舒舒服服地躺在盒子里，我果真猜对了！这时，大家嘴馋得口水快流下三千尺了。

"我们来玩个游戏！"林老师笑着说。

"什么游戏啊？"我们激动地问。

"每个同学闭上眼睛在盒子里抽奖，看看你们会抽到什么样的巧克力。"林老师举着小铁盒说。

哇，有巧克力吃了！我很期待我的抽奖。

终于轮到我了，我闭上眼睛，紧张地拿了一块，又紧张地睁开眼。

"每个同学的巧克力都不一样，请大家来观察一下。"林老师微笑说道。

我抽到的是一块金黄色的巧克力，纸壳闪闪发光，上方还露出一张小纸条，就像一面小旗子。

金黄色的纸壳上还镶嵌着一颗颗小果仁，像一个个小牙齿挨在一起说悄悄话。我闻到它散发的香味，仿佛在诱惑我说："快来吃我吧！"

这时，林老师在小白板上写下"眼、耳、鼻、舌、身、意"几个大字。

她说："这是我们的六种感官，分别是眼睛、耳朵、鼻子、舌头、身体和意识。请大家像上次喝茶一样，用感官去观察巧克力。观察完之后，大家就可以开吃啦！"

我打开金黄色的小包装，"滋啦滋啦"一撕就坏了，四分五裂。里面有张小纸条，写着"KISSES，我爱你，谢谢你"。

脱了衣服的棕色巧克力，光溜溜地站在那儿一动不动，闻起来香喷喷的，有股酒味儿。

我拿着它，硬中有软。终于，我忍不住要吃了它，"啊"的一大口，巧克力就钻进了我的嘴里，腻腻的巧克力入口即化。它的底部还有个大宝藏——果仁！我一咬，嘎嘣脆，再咬几下，粉身碎骨。

哎呀，太好吃了！一下让我想起小时候过年时，爷爷给我买糖果的事。直到现在，我的心里还甜蜜蜜的！

写好作文的秘密

林老师拿出巧克力让孩子们观察时，引出了"眼耳鼻舌身意"的概念，非常好用。

林老师让孩子们用眼睛看巧克力是颜色，什么形状，上面有什么花纹；

把巧克力上的锡纸轻轻搓一搓，耳朵听到什么声音？

把巧克力凑到鼻子边，闻到了什么味儿？

吃到嘴里时，舌头尝到了什么味道？

感受手捏着巧克力的触觉如何？是软，还是硬？

看到巧克力时有什么感受和想法？引发了哪些回忆？

林老师告诉孩子们：六根，指人的六种感官，它们像六种信号接收器，负责摄取各种外界信息。

要想作文写得丰富生动，就要充分调动这六种感官，有了丰富的感受体验，就不愁没有内容写了。

写完作文后，孩子们轮流朗读。每个人的文字都有许多生动的细节，仿佛是一场精彩的巧克力品鉴大会。

小叶子数了半天作文字数，抬起头惊喜地说："我这么快就写了八百多个字哎！"

林老师笑道："这就是六感写作法的力量。通过调动不同的感官，让作文更鲜活生动，以后再也不怕写作文啦！"

非非问道："那如果我们写的东西没有六感呢？比如要写一个抽象的概念，嗯——比如'爱'？"

林老师点点头：

"好问题。即使写抽象的概念，我们也可以通过六感来具体表现。

"比如，爱可以是妈妈手心的温度，可以是爸爸煮的面条的香味，可以是老师送你的一个小奖品，也可以是你的好朋友拥抱时的温暖。"

孩子们恍然大悟，纷纷点头。

林老师说：

写作文不是任务，而是孩子与世界的对话。

孩子们总说写作文凑不够字数，其实缺的不是词汇，而是对生活的细腻感受。

吃水果时可以带孩子玩感官游戏：这颗葡萄摸起来像什么？咬下去的声音让你想到什么？雨天散步时可以问孩子：雨滴落在伞上的节奏，像钢琴曲还是架子鼓？

抽象的情感，体现在具体的细节描写里。如同爱会藏在生活的小角落里。爱是巧克力纸条上的"谢谢你"；爱是爷爷买的糖果留在舌尖的甜；爱是外婆织的毛衣的暖。

当孩子学会用各种感官捕捉细节时，"不会写"就变成了"写不完"。

写作也是思考的镜子，感受力是思考的翅膀。

小叶子曾抱怨写作文就是编故事，但今天她写的巧克力活色生香。孩子的文字，藏着他们观察与理解世界的方式。当我们允许他们跳出字数和篇章的限制时，写作就成了探索自我的有趣表达。

我们可以少问孩子"字数够了吗"，多问"你观察到了什么特别之处"。还可以把写作文变成讲故事：孩子口述，您用手机录音，再和他一起整理成文字。孩子会发现，原来我早就会写作文啦！

写作的目的是让孩子在文字中照见自己的心。当小叶子回忆起与爷爷相关的甜蜜记忆，她已经体验到了写作的意义：用真诚的感受，照亮平凡的生活。

期待与您共同守护这份"看见美好"的能力,让孩子笔下的世界永远鲜活生动。

第八节
小天使与小恶魔:看见自己的心

矛盾爆发

夜幕低垂,窗外的月光洒进小书房。孩子们在这儿写写画画,悠悠正在专注地勾勒着艾莎公主的轮廓,小川在画奥特曼。

我也爱上了练书法。手握毛笔,饱蘸墨汁,笔锋流转间,愉悦感油然而生。

房间里安静极了,只有笔尖与纸张摩擦的细微声响,窗外偶尔传来的虫鸣。

走路的啪哒声传来,小文过来了。

他从书包里掏出一支崭新的蓝色油画棒,笔杆上印着闪闪发光的星星——那是妈妈奖励他期末考试进步的礼物。

旁边的小川一见,眼睛瞬间亮了:"哇,借我用用吧!我要给奥特曼画个蓝色臂章!"

小文犹豫了一下,还是递了过去。当小川用那支笔在画纸上涂抹出一大片深蓝色的海浪，笔尖快压变形时，小文急了。

"轻点用啊……"小文忍不住提醒，可小川正沉浸在画画中，根本没听见。

小文猛地站起来，一把夺回画笔："还给我！你都弄坏了！"

小川正想夺回，猝不及防间，手肘撞翻了旁边悠悠的颜料盘，颜料水"啪"地溅到两人的画纸上。

宁静突然被打破，孩子们呆了。我心一紧，赶紧停下笔上前查看。

小川涨红了脸，不依不饶，一把推开小文。两人你推我搡，画纸被撕成了两半，孩子们吓得直躲，我费力地将他们拉开。

林老师过来了，听我简单讲了事情经过。小文和小川虽然被拉开了，但还是脸红脖子粗地争执着，相互指责对方。

墨香里的和解

林老师没有急着批评，而是弯腰捡起地上被撕破的画纸。颜料水在艾莎公主的裙摆上晕开蓝渍，奥特曼的臂章被糊成墨团。

她轻轻展开残破的纸页，用纸巾吸干上面的颜料水，再一点点抚平上面的褶皱。孩子们一声不吭，安静地看着。

两个孩子攥着衣角，急促的呼吸渐渐平缓下来。

林老师微微弯下腰，温和地看着他们：

"你们知道吗，每个人的心中都有一个小天使和一个小恶魔。

"小天使是善良的，愿意宽容、理解和帮助别人；小恶魔会让你们生气、争吵，伤害别人。有时我们会听小天使的话，有时我们会被小恶魔控制。"

她停了一会儿,继续说道:"刚才它们俩就在你们内心打架了。你们能不能闭上眼睛,回想一下,刚刚你们心里的小天使和小恶魔,分别都在说什么呢?"

小文眉头紧皱,似乎还不明白这个问题。

林老师温和地对小文说:"你心里是不是有个声音在说'小川不爱惜我的画笔,我要拿回来'?"

小文点头。

林老师又问小川:"你被拿走了画笔,是不是很不高兴,甚至觉得他在抢你的东西?你想夺回来,于是就发生了后面的事情。"

小川也轻轻点了点头。

林老师继续说道:

"你们有没有发现,在争夺画笔时,好像有个声音在脑子里当指挥,让你们去生气、去争夺,但结果却让事情变得更糟。

"这个声音就是小恶魔。如果经常被它控制,它就会给我们带来很多麻烦事和不快乐。好消息是,每个人内心的小天使也一直都在。你们能不能找一找,在这件事情中,小天使说了什么?"

小文想了想,说:"这支笔是妈妈给我的奖励,我很喜欢,本来不想借给小川。但小天使说,借给他用一下吧,小川上次也给我分享了零食,于是我就借给他了。"

小川说:"我画这个奥特曼是想送给小文的,因为我昨天听王叔叔说小文快要过生日了。小天使让我给他送一个礼物,我就想画画送给他。"

小川说完,大家愣了,小文脸上浮现出既惭愧又感动的神色。

我也没想到小川有这样细腻的心思。

小文主动走向前，低头对小川说："对不起，我刚才不该这样。"

小川说："没关系，是我不对，是我没有爱惜你的笔。"

相信天使的力量

林老师欣慰地笑了。她拿起马克笔，在小白板上画了两个可爱的形象：左边是一个头顶光环、笑容温暖的小天使，右边则是一个拿着小叉子、一脸调皮的小恶魔。

林老师转身对孩子们说："每个人心里都住着这样两个小家伙，它们会给我们不同的建议。现在请回忆一下，你们心里的小天使和小恶魔都说过哪些话。"

悠悠有些腼腆地说："有一次，我想吃掉家里最后一块巧克力。小恶魔说，快吃掉，别被人发现！小天使说，可以分一半给弟弟，他会很开心的。"

她顿了顿："后来我听小天使的话，和然然分享了巧克力。弟弟谢谢我，我感到很开心。"

林老师赞许地点头，在小天使下面写了"分享"两个字。

她看向小文："小文，你呢？"

小文挠了挠头，有点不好意思地说：

"上次踢球不小心把邻居阿姨家的花盆砸破了，我当时很害怕。

"我心里的小恶魔说，快跑，没人看见！但小天使说，去道歉吧，要有担当！后来我鼓起勇气去找阿姨，说用零花钱赔偿，她不仅没有要我赔，还送给我一个大面包！"

林老师在小天使下面又写下"担当"两个字,然后转向小叶子。

小叶子说:

"有次月考,我有一道题不会做,小恶魔说,偷偷看一眼同桌的答案吧,否则考不好爸爸又该骂我了!

"但小天使说,要靠自己努力,哪怕做错了也没关系。我听了小天使的话,自己努力思考,虽然还是没做出来,但没有再想抄。"

林老师写下"努力"和"诚实"。

非非说:

"我有一次和好朋友吵架了,小恶魔说,别理她,反正她也不在乎你!

"但小天使说,主动和好吧,友谊比面子更重要。后来我给好朋友写了一封道歉信,我们就又和好了。"

林老师又写下"宽容",说道:

"你们看,小天使总是教我们做正确的事,而小恶魔却喜欢让我们逃避、自私或者生气。

"无论小天使还是小恶魔,都是我们内心的一部分。重要的是,我们要学会分辨它们的声音,选择听从小天使的建议。"

她顿了顿,微笑着说:"现在让我们一起来想想,下次当小恶魔出现时,我们该怎么对付它呢?"

孩子们七嘴八舌地讨论起来:"深呼吸!""数到十!""想想小天使会说什么!"

林老师笑着点头,在小白板上写下"冷静""思考""选择"几个词。

窗外的月光洒进来，照在小白板上，孩子们的分享还在继续，我静静地看着这一幕，感觉那些温暖的词语仿佛在发光。

孩子们的脸上洋溢着笑容，他们就是一个个人间的小天使。

林老师说：

看见情绪，才能驾驭情绪。孩子的每一次冲突，都是一次成长的契机。

小天使与小恶魔的比喻，本质上是帮助孩子将抽象的心念、情绪具象化。通过这种方式，孩子能更清晰地看见内心的冲突，并学会主动选择积极正向的心念。

在小文和小川的冲突中，我做了以下几件事：

暂停评判，看见情绪：不立刻批评谁对谁错，而是引导他们回忆内心的小恶魔和小天使分别说了什么。由此开启反思的第一步。

其次让孩子们明白，情绪没有对错，但行为可以选择。

孩子感到生气、委屈是正常的，但如何表达情绪是可以学习的。小恶魔的声音可能很大，但小天使的力量更持久。

可以提醒孩子，冲动可能带来短暂的满足，但善良会带来长久的快乐。每一次听从小天使的建议，都是在心里种下一颗善种，一颗星星。用诗意的方式，鼓励孩子积累正向的行为习惯。

同时让他们明白，冲突矛盾是友谊的试金石，宽容和解是成长的里程碑。矛盾不可怕，重要的是如何从中学会理解自己和他人。

父母们具体可以这样做：

一、让小天使成为孩子的伙伴。

每天睡前和孩子一起记录：今天小恶魔让我＿＿＿＿＿＿＿＿，但小天使说_____。例如：小恶魔让我抢弟弟的玩具，但小天使说轮流玩更有趣。

二、模拟冲突场景。

让孩子练习切换小天使与小恶魔的声音，思考不同选择带来的不同结果。例如：如果你是妈妈，看到孩子乱扔玩具，小恶魔会说什么？小天使会怎么说？

三、制作善意行动清单——"小天使时间"。

例如放学后做十分钟家务，上学路上主动向邻居打招呼等。注意不要把这当任务，而是多鼓励孩子去做，忘记了或暂时做不到也不要批评。

教育是慢的艺术，孩子的成长不是一蹴而就的。当他们再次被小恶魔控制时，请避免说：你怎么又这样！

可以尝试说：这次小恶魔暂时赢了，但我们下次可以准备得更充分。

教育，不是消灭小恶魔，而是让心中小天使的声音足够清晰、温暖、有力，让孩子在纷乱的情绪中，依然能找到光明的方向。

岩壁的回声、市井中的土豆摊、赞美陌生人的勇气……教育不只在书桌前，更在脚步丈量的世界里。走出去，让孩子们在行动中长出生命的勇气与坚韧。

第五章

实践 | 行走中的历练

第一节
岩壁的回声：编织支持之网

登山过生日

明天是小文的生日，张阿姨和王叔叔找到林老师，商量给小文过一个有意义的生日。

林老师想了想，问他们："假如你们想送给小文一样品质，最想送什么？"

王叔叔说："小文胆子有点小，遇事爱逃避，我希望他不怕挑战，更勇敢一点。"张阿姨也点点头。

林老师笑道："我有个想法，你们看行不行：后山快到伴云亭的坡地上，有块大岩石，不高不矮，可以攀岩。我们之前带孩子试过，它攀爬的难度刚刚好。不如明天就带孩子们去那里攀岩，既能锻炼身心，对小文又有象征意义。"

他俩高兴地说好，我的心也痒痒的，没想到这里还可以攀岩！

第二天吃过早餐，林老师告诉孩子们活动计划，他们开心得直跳，大家准备好安全装备就出发了。

走了十分钟不到，就看到了这块大岩石。它在山腰的一块平地上，高三米多，目测坡度八十度左右，岩面光滑。

对孩子来说，这个攀爬难度果然很合适。虽然不容易，但只要找准着力点坚持，肯定是能爬上去的。

天气非常好，天空蓝得发亮，没有一丝白云。翠绿的松树，洁白的岩石，满目青山绿水。

攀岩开始，首先王叔叔给大家做安全示范，教他们如何手脚配合找落脚点。乐乐平时就爱玩室内攀岩，他噌噌两下就上来了，大家直鼓掌。

另外几个就没那么容易了。悠悠爬的时候很费力，始终找不到用力点，我用手撑着她的脚，好大劲才勉强爬上半尺。王叔叔在上面伸出安全绳，说如果实在支持不住就拉上来。悠悠最后坚持爬上来了，大家为她鼓掌。

小叶子也爬得艰难，好不容易挪上一点，又不小心踩空滑下去。大家使劲给她加油，她本想凭自己的力气上去，无奈还是没找到方法，最终抓住安全绳上来了，她脸上露出遗憾与不甘。

今天的主角小文站在岩石下，低着头，紧紧抓住背包带，眼神有些躲闪。

看到他们都爬上去了，小文有些忐忑不安。他嘟囔道："万一我摔下来怎么办？万一爬不上去怎么办？"

林老师走过来，拍了拍他的肩膀，温柔地说道："不用担心，挑战并不意味着一开始就必须成功，重要的是先爬上去，开始尝试！"

小文犹豫地点点头，依旧有些不确定。

这时小川也成功地爬上岩石，他兴奋地挥舞着手臂，喊道："小文，快上来吧！你可以做到的！"王叔叔和张阿姨也给他加油鼓劲。

终于,小文深吸一口气,走到岩石前。王叔叔在上面提醒他:"放轻松,先找到落脚的位置。"

小文鼓起勇气,踩到岩石的小凹槽里,双手小心地摸索着上方凸出的岩石,小腿有些颤抖。

紧张之下,他的右脚不小心踩滑了,一下子屁股着地。不过地上有厚厚的松针,没有影响。

孩子们关心地看着他,小文感到丢脸,低下头:"我不行,还是太难了。"

张阿姨拍拍他的肩,林老师走到他身边,爽朗地笑道:"小文,恭喜你成功了一半!因为你已经去尝试了。现在你并不是失败,只是还没找到正确的方法。来,继续找方法!"

小文看了看自己的手,又说道:"小恶魔让我不要爬,但小天使让我再试试!"

大家都笑了,为他鼓掌。

王叔叔晃了晃安全绳,大声说道:"放心吧,你可以的!爸爸在上面等你!"

王叔叔和他讲攀岩的方法,乐乐则直接跑下来,又示范爬了一次,告诉小文着力点的位置。

在大家的支持鼓励下,小文深呼吸了几次,再次站到了岩石前。

他慢慢放松身体,把注意力集中在手脚上。每次移动都格外谨慎,一步步试探,找准合适的着力点。

渐渐地,小文的动作变得流畅,手脚的力量越来越稳定。终于,当他用力抓住最后一块岩石,将自己拉上去的那一刻,所有人都鼓起掌来!

这时,张阿姨大声喊道:"小文,生日快乐!"

山风中,大家一起高喊"生日快乐"。站在岩顶的小文,看着伙伴们,露出开心的笑容,充满了喜悦与自豪。

"我爬上来啦——"他双手拢嘴,朝着山林间大声喊道。

孩子们欢呼着围绕在他身边。小文满脸洋溢着骄傲与喜悦,一股无形的力量在他的身体里滋长。

生日演讲

最终,我们每个人都成功攀岩。大家围坐在大石头上,边欣赏风景边分享小文的生日零食,还用松果在地上排成"生日快乐"的字样。

小叶子提议每人为小文说一段话作为祝福,林老师说:"不如我们更正式一点,举行生日演讲,为小文过一个更特别的生日。"

还没等孩子们反应过来,她又笑着激将道:"当众演讲和攀岩一样,都需要勇气,大家可以自愿报名。"

乐乐马上抢头阵:"我照样是第一个来!"眼里流露出小小的骄傲。

这下大家都不相让了,包括我们几个大人,都报名参加。林老师为孩子们讲了演讲的方法,并留出十分钟,让大家做准备。大家各找了一块"根据地",自言自语地练起来。

十分钟到了,大家围坐在岩壁下,四周是阳光明媚的山谷,清新的空气中带着树木的香气。

乐乐第一个站出来，他稍微有些紧张，摸了摸头发，但很快就鼓起了勇气。

"我刚才其实很害怕，因为第一次在室外攀岩，不知道自己能不能成功，但我觉得自己应该可以做到。

"攀岩教会我，哪怕面对很高很陡的岩壁，也不应该放弃。就像生活中有时候会遇到困难，但是只要找到方法，一直坚持，总有一天会成功。"

乐乐接下来分享了攀岩方法，以及对小文的祝福，赢得大家一片掌声。

小川第二个演讲，讲完后从背包里拿出一幅新画的奥特曼，双手递给小文。

他说："奥特曼就是我的勇气。我觉得，只要有勇气，什么都可以做到！祝小文生日快乐！"

悠悠有些羞涩，但依然鼓起勇气走上前：

"我觉得，攀岩不仅是力气的比拼，更多的是内心的一种坚持。我在上面遇到了很多困难，脚不稳，手也很酸。

"但是我想到林老师说的，遇到困难不是停下来，而是调整步伐再试试。我做到了，虽然慢，但我成功了。"

我看着孩子们，满心赞叹。他们有的讲感受，有的讲思考，还有的引用诗句、故事，山林间一次次响起热烈的掌声。

孩子们讲完轮到大人讲，王叔叔和张阿姨侃侃而谈，讲攀岩的体会，并结合工作、生活，与孩子们分享人生心得。这对孩子们来说是不常有的体验，他们听得很认真。

轮到我讲了。我深呼吸几次，放松肩膀，慢慢地心平静下来。

我讲了攀岩过程中的感受，总结了这一个月来的感悟和变化，以勇气为主题进行了分享。

林老师是最后一个，她微笑地站在大岩石前，娓娓说道：

"古希腊时期，人们在人流密集的广场上，站在一块石柱下就可以当众演讲，阐述观点。著名的哲学家苏格拉底就是其中的一位，他的很多哲学主张就是在那种氛围中传播的。

"演讲可以让更多人了解我们的想法，也是体现个人魅力的重要方式。古今中外的历史上，有许多著名的演讲甚至改变过世界。时至今日，我们也有更多机会当众发表自己的见解。

"孩子们，刚才你们每个人的分享都很棒。今天你们不仅攀登了这座岩壁，也在心灵上跨越了一座小小的山峰。

"勇气并不是没有恐惧，而是带着恐惧继续向前。当你们跨越一个个难关时，不仅体力在增长，心灵也在变得更加坚强。

"今天，大家都表现得非常勇敢！祝小文生日快乐，也祝你们在未来的道路上，像今天一样勇攀高峰，屹立于天地间，发出自己的声音，为自己代言！"

孩子们欢呼起来，大家齐声喊着："我们都能勇敢面对挑战！小文，生日快乐！"

这一刻，阳光洒在山谷中，岩壁的回声响在耳边，孩子们的心灵得到了成长。他们也更加坚信，只有勇敢向前，才能看到最美的风景。

林老师说：

有句古老的谚语："养育一个孩子需要一个村庄的人。"

孩子的成长是一个复杂而长远的过程，家长的作用固然重要，但社会支持系统同样不可或缺。

小文攀岩成功，站在岩顶，迎着山风喊出"我爬上来啦"的时候，背后不仅是父母的守护，还有老师、同伴，甚至整座山的鼓励。

孩子的成长就像攀岩，既需要脚下的着力点，也需要周围的支持网。这张网由爱、信任和温暖编织而成，而我们每个人都是其中的一根线。

小文第一次滑落时，乐乐主动示范动作，小川为他加油，这些来自同伴的支持，像岩缝里的野花，让小文的攀登之路不再孤单。

亲爱的家长们，请让孩子走出家门的小天地，去接触更多的人。老师的智慧、同伴的鼓励、邻居的善意，甚至是路上陌生人的微笑，这些都可能成为他们成长路上的星光。也许是一次义卖，也许是一场读书会，这些温暖的经历会像种子一样，在孩子心里生根发芽。

失败是成长的礼物。小文第一次滑落时说自己不行，但当他看到其他孩子在努力攀爬，听到大家为他加油时，他明白了：失败不是终点，而是新的起点。

社会就像一面镜子，既会映照出孩子的光芒，也会让他们看见自己的不足。而这些"不足"，正是他们成长的契机。当孩子在外面遇到挫折时，请别急着替他们解决，可以告诉他们：没关系，我们一起来想办法。

当大家用松果在地上拼出"生日快乐"，用掌声为小文搭建勇气的桥梁时，他不仅是父母的小宝贝，更是大家共同呵护的小勇士。

教育不是一个人的独舞，一个家庭的事务，而是一群人的共鸣。当我们为孩子编织成长之网时，也在让这个世界变得更温暖美好。

第二节

助农卖土豆：市井烟火中的成长

江婶的回报

大家正在吃早餐时，听到外面有人喊我。

我出去一看，原来是江婶。她背着一大筐土豆，看到我高兴地笑着说："晓光老师，我家收了好多土豆，你们这里人多，送一些给你们吃。"

我连忙感谢要付钱。江婶直摆手，说道："不值几个钱！我那儿还多着呢，卖都卖不出去！"

我谢过江婶，把土豆背进屋。孩子们围过来，说今天可以吃土豆了。

大概是因为上次那事，她家孙子摔碎林老师的茶杯，她一直心怀愧疚想补偿。

我想起江婶说土豆卖不出去，就跟林老师聊起这事。林老师想了想说："我们可以带着孩子去卖土豆，帮帮江婶。就算卖不掉也没什么影响，关键孩子们也能从中得到锻炼。"

这个想法太好了，孩子们知道后也很兴奋，围着林老师叫道："哇，我们也可以去练摊啦！"

林老师笑道：

"销售这件事，说难很难，说简单也很简单，就是将东西卖出去，再把钱拿回来。

"你们去江奶奶那里进货，进货的钱，要找人借。我、晓光老师、张阿姨、王叔叔都行，看谁能被你们打动，愿意给你们贷款。

"进货后，卖价多少，怎么卖，由你们商量方案和具体分工。今天先做准备，顺利的话明天上午就去镇上的早市。"

我偷乐，这就是模拟商业项目嘛，真好奇他们能做出什么结果。

林老师说完，孩子们很快就来找我贷款。他们派非非当代表，希望我能借一百元钱，并保证一定会赚到钱，连本带利还给我。还说如果还不了，就承包我房间的卫生，直到离开。

抵押都有了，我无法不被他们的诚意打动，乖乖掏出一张百元大钞。这还没完，他们还请求我帮助联系江婶进货。

一通电话后，江婶用小推车推了两大筐土豆，满脸欢喜地过来了。她怎么都不要钱，我"严肃"说明是孩子们要搞活动，她才不好意思地收下，还说没卖完的可以全退回来。

对别人好，就是对自己好。如果我当时直接冲着江婶和她孙子发火，能有今天这事吗？品味前因后果，我颇多感慨。

进货价一块钱一斤，孩子们称了六十斤土豆，还剩下四十元作为备用资金。

非非在校园的跳蚤市场摆过地摊，也算是有"创业"经历了，她自告奋勇当销售总监。

在她的指导分工下，孩子们热火朝天地准备起来。小文和乐乐写广告板，两人一个琢磨写文案，一个画插画，认真得很。

悠悠准备购物袋和小赠品，小叶子带着然然和小川洗土豆、挑土豆，模样最好的才能拿去卖。

卖东西算账是基本功。林老师拿来台秤，让我教他们学认秤和计算。这不，数学又学起来了。有鲜活的赚钱目标在前，孩子们学得很认真。

这一整天，孩子们为了卖土豆，忙得不亦乐乎。紧张又喜悦的小脸上，充满了对明天的期待。

小镇练摊记

第二天，大家五点就起床了。吃完早餐搬土豆，王叔叔和张阿姨各开一辆车。

因为去得早，孩子们在镇上的菜场顺利找到摊位。他们说鸡蛋不能都放在一个篮子里，所以卖东西也得分成两组，东边不卖西边卖。我笑，还怪有想法的呢！

非非、悠悠、小川是一组，他们放好土豆筐和台秤，把写着宣传语、画着漫画的广告板架起来。几个孩子往那儿一站，看起来挺像那回事的。路过的人好奇地望着他们，但就是不买。

我说："你们得叫卖呀！"在我和林老师的鼓励下，非非和悠悠喊起来。叫出第一声，后面就胆大了，几个孩子开始一齐叫："卖土豆啦，两块五一斤！"还挺有节奏感。

清脆的叫卖声吸引了不少人的目光，渐渐有人过来询问。一位老奶奶问多少钱一斤，他们激动地抢着介绍。老奶奶听了点点头，走了。

他们无奈地噘嘴,林老师微笑示意,鼓励他们继续。

小川最小,叫得最卖力,还拉着路人来摊位上看。一位大妈走过来,弯腰扒拉着,问了几句,说要称两斤。他们兴奋得手忙脚乱,给大妈挑了最大最好的土豆,还七嘴八舌热情地介绍做法。

终于收到第一笔收入五块钱,他们小心地收好,自豪快乐的笑容浮现在他们脸上。

只要开了张,后面就容易了。赶早集的人慢慢多起来,小孩子卖菜又格外吸引人眼球,大家半看热闹半支持,越来越多人来询问、挑选。

摊位被围起来,孩子们开始忙碌。他们分工合作,配合默契。这时,平时的小矛盾、小疙瘩全被抛到了九霄云外,大家团结一心地干活。

找人当托儿

这一组的生意走上正轨,我和林老师打算去看看张阿姨带的另一组。

乐乐这组冷冷清清,一问,才卖出五斤。孩子们也在喊,但是有气无力。

林老师把我拉到一边,说道:

"看来得想办法激发他们的士气,不然他们会觉得无趣。

"虽然要让他们看到真实的市场,但目前要先创造正面体验,以此获得成就感。有了成就感,才好推动后面的行动。

"你去对面转一转,找个和气的人,给点钱,请他去买几斤,土豆送人。注意不要让孩子们知道了。"

哇,还可以这样操作。我赶紧去街角处,拦住了一位面相和善的阿姨,说明事由后,她欣然应允。

我远远看见阿姨和孩子们说着什么,孩子们热情地围着她介绍。等阿姨离开,我装作不经意地走过去,他们兴高采烈地告诉我刚才做成了一笔"大生意",卖了整整四斤!

看着小文手里林老师给我的那十块钱,我心里偷笑,嘴上说道:"真不错!做生意就是这样,有时坏有时好,大家要有耐心!"

他们点头说:"就是,就是!"林老师抿嘴笑。

等到十一点钟收摊,算了一下,孩子们一共卖出五十多斤土豆,共收到一百三十元钱。扣除六十元的进货成本,平摊下来,每人刚好分到十块钱。

"忙了半天才挣了这么点钱,赚钱真不容易!"

"那江奶奶更不容易呢,种了几个月土豆才赚六十块钱。"

"我觉得赚钱很容易!江奶奶种土豆要花好几个月,比我们卖土豆辛苦多了,可我们一上午就把她几个月的劳动全卖光了。"

"我觉得赚钱挺好玩的!土豆卖出去很有成就感!"

孩子们七嘴八舌地议论着,林老师微笑听着。孩子们在真实体验里获得的这些认知,都是宝贵的。

回山后,小叶子自告奋勇要主厨,把剩下的土豆做成炸薯条。孩子们高兴地一起忙碌起来。

吃完晚餐,林老师请王叔叔为大家复盘整个项目的全过程。王叔叔有多年的商业经验,他带孩子们理解什么是成本、销售额、费用率、毛利率等概念。

这些名词对大人来说都不太好理解，但因为有体验，孩子们听得津津有味。

王叔叔问孩子们："投资的要点是什么？"乐乐抢答道："本钱不能亏！"

我们都笑着点赞。

哦，我的贷款当然收回了。晚餐时，孩子们还额外送我一大盘炸薯片，红红的番茄酱洒成爱心的形状。他们说是专门为我做的，是我的贷款利息。

别说，还真香！

林老师说：

当孩子们带着土豆和晒得通红的小脸归来时，这场以"助农卖土豆"为主题的项目式学习（Project-Based Learning, PBL）已在他们心中悄然播下多重成长的种子。

江婶土豆滞销的困境，为孩子们提供了真实的学习情境。这种解决现实问题的活动，能激发孩子深层的学习动机。

在卖土豆项目中，成本核算、收钱、找钱里面有数学；广告文案里有语文和美术；土豆加工时有劳动；项目复盘里有经济学，多种学科在这个过程中自然融合。

当孩子们亲手称量土豆、计算利润时，抽象的数学概念变成赚钱时的成就感；当生意冷清时，市场规律也不再是课本上的铅字，而是额头沁出的汗珠。

这种通过身体参与构建的认知，远比单向的知识灌输更深刻持久。

其次，教育应架设合理的"脚手架"。我们设计了借贷环节，并要求做担保，让他们理解什么是成本意识和契约精神。

第二组摊位冷清时，找阿姨当托儿，这不是做假，而是善意的托举。通过制造成功体验，激活内驱力。这就像刚刚学步的孩子，需要大人虚扶的手，适时的正向反馈能保护他们继续探索的勇气。

有孩子突然感叹，江奶奶辛苦种三个月土豆才赚六十块钱。这种对劳动价值的具体认知，胜过百次"珍惜粮食"的说教。当孩子们主动把剩下的裂口土豆炸成薯条时，善良与共情在生根。

如果您也想给孩子创造项目式学习体验，以下是一些建议：

做"脚手架"，提供必要的资源但不代劳；当"观察员"，记录孩子的突破时刻；做"智囊团"，在关键节点给予建议；做"啦啦队"，及时肯定每个进步。

家庭 PBL 项目创意库：

生活技能类：

今天我当家——规划一日家庭生活；

家庭急救员——学习基础急救技能；

小小理财师——管理一个月零花钱。

社会实践类：

社区小导游——设计社区导览路线；

环保小卫士——组织小区垃圾分类；

爱心义卖会——为公益项目筹款。

父母在评估反馈时，建议更看重过程而非结果。比起赚到钱，小川突破羞怯的叫卖，以及乐乐设计的广告板，更具闪光点。建议父母们可以制作"成长事件簿",用影像和文字记录孩子们的那些突破时刻。

教育是静待花开的艺术。我们把教育延伸到湿润的泥土、喧嚣的市集,让孩子们在讨价还价中理解人情冷暖,在称斤算两间触摸经济脉搏。这些带着烟火气的学习经历,终将在某个不经意的时刻,绽放出照亮人生的光芒。

期待我们在生活的田野上播种更多可能。

第三节
闲暇出智慧:诗意唤醒生命

从哲学到诗歌

这段时间,王叔叔和张阿姨为大家做后勤及安保工作。他们热情善良、优秀能干,这次放下工作带着孩子来山上,有了他们,许多活动才能顺利展开。

夏令营开始的第一天,林老师邀请我们三人喝茶,开了个小会。

林老师说:

"这次活动,咱们要放下平时的角色和面具,开心轻松地玩。你们不仅是父母,也是每个孩子的伙伴。

"森林里的树，比小区花坛里的树长得更健壮，因为森林是一个多样化的生态系统。

"教育要打造滋养孩子的系统，我们每个人的言行举止，都是系统的一部分。希望我们一起享受这段时光，既滋养孩子，也滋养自己。"

我们开心又赞同，七嘴八舌地出点子提建议，商议轮流值日，带着孩子做饭，一起参与活动，也创造属于我们四个人的"快乐夏令营"。

我观察到，如果对孩子们是平等、尊重的态度，他们其实很愿意和大人聊天。

我很喜欢每晚的茶话会，那是一天中的美好时光。大家围坐喝茶，由某个人发起某个议题，大家轻松聊天。

可以谈自己的困惑，或某种社会现象，或者经验分享。发起人同时是主持人，其他人或主动发表看法，或轮流发言，彼此交换观点。

有一次，小文发起一个议题，每人说一件自己最尴尬的事。大家轮流讲自己的小糗事，笑声不断。

又一回，小叶子发起关于"网红脸"的讨论，大家从各个角度谈论网红现象，探讨审美观的问题。在轻松的聊天氛围中，启发孩子们多角度思考，比说教的效果好多了。

前几天，孩子们聊起什么是哲学，以及关于生死的话题。

他们对这些话题的思考深度让我惊讶。可能有人会觉得孩子不适合讨论这些话题，但如果认真倾听孩子的观点，可能会刷新很多人的三观。

我有个强烈的感受：包括我在内的许多成年人，很多时候对孩子的内心世界了解甚少，容易自以为是，觉得大人懂得更多，似乎比孩子高一等。

其实很多成年人的心智、能力与见识,并不一定随年龄增长而增长。有时孩子们的观点和想法,比很多大人更深刻。

有时我们带着他们玩老鹰抓小鸡,一起又蹦又跳,开心极了。我们都忘记有多久没有好好玩一次孩子的游戏了。王叔叔说:"这几天像回到了童年!"

这段时间,让我感受到:教育要创造出一片水域,让身处其中的每条小鱼自由游弋、快乐成长。共振的力量胜过个人与家庭的力量。

有时我们会带孩子们去山林间散步。夏日初晨,阳光明媚,鸟语花香。看着孩子们在碧水蓝天的山林间撒欢,边走边玩"飞花令",感觉真幸福。

回来在茶室喝茶,林老师带他们作诗,孩子们你一句、我一句接龙,遇到妙句哈哈大笑,开心极了。

这是孩子们一起写的诗:

四大七小去寻山,欢天喜地笑开颜。
绿树满山有红日,碧水蓝天荡小船。

寻山归来凤凰茶,案头青叶绣球花。
音声雅乐沁心脾,大家作诗笑哈哈。

疾云过青山,竹林声沥沥。
小苗破土出,碧波起涟漪。

幽香满襟怀，朵朵攀枝开。

晚风拂白裙，恍若仙子来。

在作诗过程中，我发现孩子们对美好事物有惊人的感受力。这幸福美妙的时光，会成为我们每个人美好的回忆。

戴栀子花的老奶奶

有一次，受林老师朋友的邀请，我们去参观一个传统小村落。

这是林老师朋友的老家，地处深山盆地。因为交通不便，这里长期处于半封闭状态，传统的民风民俗保留相对完整。

沿着弯曲的小路走进村子，只见屋舍俨然，阡陌良田，鸡鸣狗吠，恍若桃花源。

溪边，一位牵着牛的老爷爷走来，和我们打招呼，笑容淳朴，满脸皱纹。

更妙的是牛脖子上挂着一枚大铃铛——叮叮当当，铃声清脆古朴。林老师笑道："这让我想起电影《城南旧事》。小英子童年记忆中的骆驼队，也是这般叮叮当当。远远地来了，又远远地走了。"

村子里有人做手工豆腐，孩子们好奇地围上去。乳白的豆浆，浓浓的豆香，滤豆渣的东西像摇篮，摇呀摇，豆汁慢慢滴下来。

小时候我外公是做豆腐的，每次去外婆家，总有甜嫩嫩的豆腐脑喝。儿时的记忆里，外婆粗糙的大手给我端过一碗热气腾腾的豆腐脑，我仰头喝完，一抹嘴，外婆笑得满脸慈祥。

在村子的一块空地，我们看到一条被架子吊起来的黄鼠狼。孩子们惊奇地挤在旁边看，指着说那是它的头，那是长长的尾巴。

林老师问为什么要吊起来。朋友说，黄鼠狼咬鸡，破坏农作物，村里人抓到后会悬首示众，以儆效尤。

我们大笑，真是孩子气的天真可爱！

走到一户人家门口，一阵清香扑鼻而来，是栀子花！好大一棵栀子花！大朵洁白的花，油绿绿的叶，香气扑鼻，朵朵精神抖擞。

窄窄的小路上，迎面走来一位老奶奶。林老师的朋友说，奶奶八十多岁了，一直生活在这个村子里。他说自己小的时候看到她是这个样子，几十年了，感觉还是这个样子。

孩子们叽叽喳喳地向奶奶问好，奶奶一个一个地答应着。她身板硬朗，面容沧桑，穿着蓝色的粗布衫，和那位牵牛的老大爷一样，笑容灿烂纯朴。

非非突然叫道："哇，奶奶头上还插了两朵花，真好看！"

奶奶的后髻插了两朵栀子花！

孩子们围着她直跳，说奶奶真好看。

我感到惊喜，发自内心地觉得这位老奶奶真美，真可爱！她一辈子在这里，生于斯，老于斯，没有走出过大山。可是，她八十岁了，还会在头上戴两朵又白又香的栀子花！

林老师邀请奶奶与我们合影。她高兴地接受了，又有点不好意思地说："我都没有去换件好衣服……"

林老师诚恳地说："不用换，您已经很好看了！"

于是，所有的孩子们围着奶奶，我们站在两边。大家都幸福地微笑，定格在那诗意的瞬间。

林老师说:

闲暇出智慧,山水生诗意。慢下来,才能看见生命里许多美好的瞬间。

现在的父母都很忙,孩子都很累,大家围绕着某个目标向前走,常常忘了为什么而出发。

生活在城市高楼大厦森林里的孩子,可能很久没有看到星空,不知道花开的芬芳,也不知道溪水打湿裤脚的清凉。

教育不是填满时间,而是留白的艺术。闲暇让人暂时脱离角色的工具化,回到人本身,让孩子的内在节奏回归,沉淀生命的智慧,创造力自然萌发。

无目的散步漫步,恰恰激发了孩子对美的敏感与诗意的心灵。放下写作业的笔,远离信息丰富的手机,让孩子回归内在的生长节奏,重建自然的生活规律。

我相信在未来,能听见花开的声音,能看到树生长的孩子,终将是那个时代最需要的真实的人。

那位戴栀子花的老奶奶,是行走的"文化教材"。她展现的不仅是审美情趣,更是生命状态的淡泊安然,纯朴美好。

在家庭里,我们也可以每周设立无手机茶话时间,围绕新闻事件或生活现象展开平等讨论。用提问的方式鼓励孩子深化思考:你观察到什么?为什么这样?可能还会怎样?

培养慢生活的能力,不急着赶路,好好看看路上的风景。父母和孩子共同准备一顿饭,体会烹饪的乐趣;一起种一盆花,观察生命的成长;学习一门传统手艺,感受匠人精神。

别忘了那位戴栀子花的老奶奶。愿我们能在平凡中发现诗意,在困顿中仍坚守美好。期待与您共同守护这份教育的浪漫,让每个孩子都能如山间小苗般,在闲暇中自在生长,绽放属于自己的生命智慧。

第四节
挑战日:意愿创造奇迹

以成长告别

九月快到了,离孩子们回家的日子越来越近了。

那天晚上的茶话会上,王叔叔说起结营仪式。有孩子说要互赠礼物;有的说举行星空下的文艺晚会;还有的说再来一场结业演讲。

林老师微笑看着孩子们,曾经那些懵懂的面孔,如今眼神里都闪着光。

她说:"孩子们,时间过得真快。接下来,我建议用一个特别的活动作为结营主题——挑战日。挑战日,是通过特定的挑战活动来突破自己的弱项。有集体的,也有个人的。这些挑战不是任务,而是为了帮助大家实现之前不敢想的事!"

孩子们既兴奋又好奇,猜测会是什么任务。

林老师微笑说:"明天早餐后,我们在茶室集合发布目标!"

第二天孩子们早早等在茶室,林老师递给大家一个信封,打开看,里面有张小纸条。小叶子大声朗读道:"团队挑战:集体策划,做一件至少可以帮助十个人的善事;个人挑战:面对面夸赞至少五个陌生人。"

听到活动方案,孩子们既兴奋又担忧。林老师看出了大家的心情,分享了自己参加马拉松的经历。用事实告诉孩子们,强烈的意愿可以创造奇迹,鼓励大家接受挑战。

林老师说:"我们不要问自己能不能完成,而是要问自己:我有多想完成?当真正下定决心的时候,奇迹就已经开始了。"

孩子们笑着接受了挑战,接着投票选举队长。小叶子成功当选,她带领大家讨论团队方案。

赞美别人,自己更快乐

讨论好方案后,"挑战日"活动正式开始。

我们开车来到市区最繁华的商业中心,首先完成个人挑战项目——赞美陌生人。

为了保证安全,我们分头跟着孩子,同时负责拍照。

我跟着小文和乐乐。一开始小文放不开,不停地问我该怎么说,遇到人不敢上前。我鼓励他们,并且我先去赞美了一位漂亮的小姐姐。在我的推动下,小文迈出了第一步。他走到一位阿姨旁边,大声说道:"阿姨,您的衣服真漂亮!"在阿姨惊喜的笑容里,小文轻松又骄傲地笑了。

有了成功经验,后面就顺了,小文和乐乐很快完成五个人的目标,但没想到他们说想继续。从别人的惊喜与笑脸中,小文和乐乐体验到了善语暖言的力量，以及赞美别人的快乐。

路上我们遇到了其他孩子：有的锲而不舍地尾随人后；有的和路人聊得挺欢乐；有的还在继续寻找目标。

半小时后大家都完成了挑战，我们在奶茶店集合。大家围坐在一起，喝着热乎乎的奶茶，分享着各自的体验，脸上露出自豪和快乐的笑容。

然然满脸喜悦，说他和一位环卫工人阿姨聊了很久，阿姨夸赞她很勇敢、很棒，他说自己收获了勇气和快乐。大家给了他热烈的掌声。

然然的进步真大。刚来时胆小，看到我们都不敢打招呼，通过这段时间的相处，他越来越活泼大胆，直到今天能和陌生人开心地聊天！

小叶子今天赞美的人最多。这对她是一个很棒的突破，她为自己感到自豪，分享说："我发现夸赞别人时，我自己也很快乐。"

这个活动对她格外有意义。她性格急躁，和同学相处嘴上不饶人。通过这项挑战，她有了新的体验和认知，从而推动了后面行为的改变。

小文说："通过这个活动，我发现我不太善于和陌生人打交道。"

小川说："我发现我有进步了，比以前更勇敢。"

每个孩子说完，林老师会根据他们的情况进行点评。对有的孩子是鼓励，对有的孩子会进一步提问，让他们继续去观察和思考。

非非分享她的经历：在夸赞一位叔叔时，叔叔反复问这样做的目的是什么，也不相信她的解释。非非说这位叔叔对她这么猜疑，也许是因为他有过很多不安全的体验,而且他看起来也不是很开心。

林老师赞扬非非观察细腻,说道:

"这个活动不仅锻炼勇气胆量,也是观察他人的机会。你们会发现,面对赞美,有人惊讶,有人开心,有人害羞,有人冷漠。你们可以观察到他们不同的表情和语言,然后去推测他们为什么会是这样,是哪些观念导致了他们不同的反应。

"我们遇到的每个人都是一面镜子,从他们身上可以看到自己。想一想,如果有陌生人赞美我,我会怎样?你愿意被别人如何对待,就请如何去对待别人。"

听到林老师的话,非非点点头,眼中露出清澈明亮的光,她说:

"我曾经对自己的能力没有信心。但是当我仔细看时,发现自己并不是真的能力不够,而是对很多事没有明确的目标。

"比如我不知道为什么要学习,遇到困难就很难坚持,然后觉得是自己能力不够。但是当我有了明确的目标,并且愿意为自己负责时,会感觉很有力量,能力也更强了!"

闻听此言大家齐鼓掌,张阿姨高兴地抱起非非。

我很受触动,这真是了不起的觉察发现。这段时间里,看着她日益开朗主动,对自己的认识一步步清晰,这真是为人父母、为人师最大的快乐啊。

奶茶喝完了,大家聊得很开心。挑战活动带给他们的兴奋与信心还没消退,林老师趁热打铁,鼓励大家继续进行团队挑战。

小叶子宣布活动方案:他们决定分成两队,先去募集爱心物资,然后送到附近的儿童医院,捐赠给有需要的人。

这个方案一出,我都惊呆了,这可是个不小的挑战啊!我看着小叶子，不禁想起第一次看到她的样子。

那时的小叶子看起来冷漠倔强，现在正一脸自信阳光、有条不紊地分配任务。这是一个人吗？两个影子合在一起，让我一时有点恍惚。

林老师说：

体验式学习，是最贴近生命本真的学习方式之一。它的本质是让知识与能力在身心上扎根。

小文第一次结结巴巴地赞美陌生人；非非看到了叔叔的不快乐；小叶子从冷漠倔强成为团队带头人。这些变化都呈现了一个事实：真正的学习成长，是让知识穿过身体，在体验中生根发芽。

大脑的镜像神经元系统使我们能通过模仿和体验来理解世界。在新鲜情境中，多巴胺和去甲肾上腺素的分泌会增加，这能显著提升记忆的保持度。

体验式学习不是简单的在做中学，而是通过多感官、多角度的体验，让孩子们在真实的生活情境中拓展能力、发现意义。孩子们在赞美陌生人时，不仅要调动语言能力，还要观察对方的表情，随时调整自己的肢体语言，甚至处理突发状况等。

有了鲜活的体验，孩子们在奶茶店的分享环节，是从体验到认知的二次升华。这种多维度的学习体验，比老师单纯的课堂讲授，以及父母在餐桌上的刻板说教要深刻得多。

体验式学习最动人的地方，是让学习回归生活，回到生命的本真状态，让孩子在与世界的碰撞中照见自己的模样。

种子发芽是因为前面有漫长的耕耘，和许多看不见的等待。就像种子破土前积蓄的力量，教育要做的是提供温度适宜的土壤，然后静待花开。

愿父母们都能成为智慧的园丁，为孩子打开一扇扇通向真实世界的窗，让体验成为最好的老师，成长与绽放将自然发生。

第五节
爱出者爱返：道德之花自然绽放

善意会生根

小叶子宣布完活动方案，孩子们兵分两路去募集爱心物资。我们四个人各跟一队，保障安全。

万事开头难，第一次做这样的事，别说他们，我心里也没底。

他们找到一家小超市，非非先开了口："阿姨，我们想募集一些爱心物资，送到儿童医院给有需要的人，您能捐一些东西给我们吗？"

我远远地跟着看。只见一位抱着孩子的阿姨站在收银台后，带着疑惑和审视的目光，摇摇头说："老板不在，我做不了主。"

他们道了谢，逃也似的快步走出来。

林老师开玩笑道："失败乃成功之母，现在妈妈都有了，还怕没有孩子？"

他们笑了，继续向前走，走进一家水果店，小心地说出自己的来意。一位善良的大叔爽快地送给他们一袋橘子和一串香蕉。

他们惊喜极了，不停地道谢，提着这份沉沉的信任与爱心，满脸笑容地向我们走来。

这次的成功让他们信心与动力大增。奇妙的是，当他们更加自信坦诚时，无形中也感染了别人，越来越多的人愿意参与募捐。

大约一个小时后，两个小组在约定的地方集合了。一统计，他们竟然募集到十几种物资，还有六十元的善款！

有水果、面包、牛奶、点心，还有笔、杂志等。因为不方便捐款，他们计划用这六十元钱买些小玩具，送给医院的小朋友。

小川从背包里拿出一个文具袋，小心翼翼地从里面掏出十元钱，递给队长小叶子："我把上次卖土豆赚的钱也捐出来！"

此言一出提醒了大家，孩子们也纷纷拿出上次赚的钱要凑进去。我被他们感动了，这些可爱的孩子们啊！

林老师让队长小叶子和几个孩子先去医院对接，看看如何将爱心物资送给有需要的人。

一位小伙子接待了他们，客气地致谢，同时告诉他们：考虑到病人的饮食健康，院方不允许把食物送给小朋友。建议可以送给急诊部的医护人员，他们的工作非常辛苦，也需要社会大众的关心。

小叶子表示完全可以理解，并感谢大哥哥的支持。

小伙子带我们到了急诊部，里面人头攒动，熙熙攘攘，医护人员个个神色匆匆。

一位清秀的护士长阿姨接待了孩子们，她带孩子们来到医生的休息室。

正是吃午饭的时间，桌上放着几份盒饭，这就是他们的午餐。当孩子们说明来意，把所有的爱心食物送过去时，他们很开心，不断夸赞孩子们，并感谢他们的爱心。

护士长阿姨还给孩子们讲解如何防流感，并叮嘱我们出医院了一定要洗手。

出来之后，孩子们感慨道："原来当医生这么辛苦呀！我们要珍惜健康，尽量少来医院啊！"

那位小伙子又带我们去看望生病的小朋友。

病房里，有些小朋友在病床上看书，有的在听妈妈讲故事。孩子们为他们送去小玩具，陪他们聊天、玩游戏。小朋友和家长们也很开心，没想到住院还有陌生小朋友来看望。

因为不能耽误太长时间，送完礼物就要出来了。我们感谢小伙子，离开了儿童医院。

活动完成了，孩子们满满的快乐与成就感。中午在餐馆吃饭，孩子们情绪饱满地分享着各自的体验。如果说这个活动是精神大餐，那么分享就是整合和消化，是活动过程中不可缺的一环。

不知不觉间，孩子们聊了快一个小时，这时一直旁听的林老师说话了。

做一个美好的人

林老师赞许了孩子们在活动中的表现，她微笑说道：

"你们今天很幸运，有许多陌生人信任支持，并收获了非常宝贵的体验。

"这个活动的好处当然非常明显，但如果说凡事有利有弊，那么这次活动有可能带来哪些负面影响呢？"

林老师这个问题让大家一愣，孩子们开始沉思。

是啊，这次活动的好处这么多，好像没有发现有什么不好的地方。那会是什么呢？

过了一会儿，非非说道："我们接受了很多好心人的募捐，但事情做完了之后，没有去感谢他们。"

乐乐摇摇头，说道："是啊，这样会不会让其他人跟着学，假装募捐，给那些善良的人造成损失。如果越来越多人这样做，那些老板可能会觉得当好人很辛苦，以后就不想当好人了。"

乐乐的话把我们逗乐了，林老师认真地说道：

"孩子们，你们能看到这个问题非常好！我们应该如何对待好人？好人应该得到怎样的回报？我们能为那些信任我们、支持募捐的人做些什么呢？

"每个人在生命中总能遇到帮助过自己的好人，怎样为他们创造一个美好的故事呢？希望你们有个圆满的故事版本！"

我被震撼了，完全没有从这个角度想过。孩子们的心被深深触动，他们热烈地讨论起方案。

小叶子说："我们可以去他们店里拍一些照片发在网上，给他们做宣传。"

小川说："我们可以在店门口吆喝生意，这样顾客就都来了。"

小文说："还可以借助媒体宣传老板的好人好事，扩大他们的影响。"

悠悠说:"我们送个锦旗挂在店里,让顾客们都知道这个老板是好人。"

孩子们发挥创意,想为好心的人们送去感谢和荣耀,他们眼中放着真诚而热切的光,发自内心地想要做些什么。

看着同学们的讨论,林老师眼中露出欣慰。

她说道:"今天是非常有价值的一天,你们从体验到分享,再到现在的讨论,有很多地方值得反复咀嚼。请你们商讨出方案去实现。最后,请大家记住一句话——"

说着,林老师看着大家,停顿了一会儿,缓缓说道:

"我们要做一个美好的人!"

那一刻很安静。似乎有某种美好的东西,在每个人心中静静流淌,流淌,最后升华成一束束光。

我心里涌起深深的感动:教育是什么?在美好人格的传承中,点亮人性之光,薪火相传,心心相印,一月映照千江明。

一粒种子的春天

回山时已近黄昏,颠簸的山路让我略有些昏沉。我闭目养神,旁边孩子们不知疲倦,还在兴奋讨论:

"我把画送给那位老板叔叔,他可惊喜啦!没想到我们还会回来看他!"

"我们四个人当迎宾,站在门口给他们招来了好多客人!大家说,小朋友都说好,那我们就进来看看!哈哈!"

"我把妈妈为我们在儿童医院拍的照片都打印出来,挨个送给他们了,每家都有份!他们收到了好开心,有位阿姨还说要贴在墙上呢!"

…………

孩子们的笑语在车厢里跳跃,像一串串清脆的风铃声。我闭着眼,依然能清晰地感受到喜悦在空气中流淌。

夕阳的余晖透过车窗洒进来,在每个人的脸上投下温暖的光晕,仿佛为这美好的时刻镀上了一层柔和的滤镜。孩子们的笑脸在光影中忽明忽暗,又像一颗颗跳动的星星。

这些微小的善意,正如山间的清泉,终将汇成爱的长河;这些温暖的瞬间,就像暮色中的萤火,终会点亮整片夜空。

在这片被夕阳染红的山野间,我看见了爱最动人的模样——它像一粒种子,在给予的瞬间,就已经收获了整个春天。

林老师说:

真正的道德教育不是空洞的说教。

孩子们将募捐的物资送到医院,在病房里握住小病友的手,用童真的方式回馈捐助者——这些珍贵的瞬间,都在诠释道德教育最本质的奥秘:

道德感不是灌输的教条,而是让孩子在真实世界中感受善意的流动,在困境中生长出向善、向上的力量。

道德的生成,需要从体验到内化。小川掏出卖土豆赚的钱,孩子们看到医护人员盒饭时的心疼,是同理心的萌发,道德感的起点。

在家庭教育中,孩子遭遇不公时,请避免错误示范:这个世界就是不公平的。

我们可以尝试智慧引导：你觉得可以怎样让这里变得更公平？从而启发孩子的建设性思维。

孩子帮助他人后，请避免以结果为导向的表达：你真是个好孩子。我们可以反馈提问：当你选择帮助别人时，心里是什么感觉？从而帮助孩子聚焦内在体验。

孩子们站在水果店门口为捐助者招揽顾客，在医院用心陪伴小病友时，我们看到了道德最动人的模样——它不是挂在墙上的训诫，而是流淌在生命里的温暖。

正如教育家蒙台梭利所说："道德教育不是培养知道对错的人，而是培养对善恶敏感的心灵。"

愿我们共同守护这份珍贵的道德萌芽，让孩子在真实的生活中，成长为眼里有光、心中有爱的美好之人。

第六节

致家长：做教育的长期主义者

孩子们要走了

时间悄然流逝。小院里的月季开了一朵又一朵，荷池里悄悄长出一枚枚小莲蓬，月亮也圆了几回。

今天是夏令营结束的日子。我坐在房间里，听到远处传来家长们的谈笑声，孩子们雀跃着奔向父母的怀抱。

书桌上放着一叠打印好的《夏日成长手记》，那一幕幕又浮上心头。

成长手记是我作为旁观者的记录。这段时间发生了很多有趣的事，我选择了其中的一些教育场景，写成十三篇记录，将林老师与孩子们的故事分享给父母们。

很多个安静的夜晚，当孩子们沉沉睡去，我和林老师还在茶室。记不清有多少次谈话，她的解答、剖析、分享，帮我化解困惑。

她的这些话，被我整理提炼后，以"林老师说"的方式，列在每篇故事后，分享给父母们。我认为这是更加珍贵的精华。

告别茶话会

"咚咚咚"，我回过头，是非非敲门。她伸出小脑袋说："晓光老师，我妈妈让我来叫您！告别茶话会快开始啦！"

我起身和非非一起来到茶室。家长和孩子们挤在一起，茶室里坐得满满当当。孩子们兴奋地分享着在这里发生的事，爸爸妈妈们满脸开心。

张阿姨说："我作为家长代表，在这里近距离参与孩子们的活动，感慨很多。今天是离山的日子，请林老师为大家说几句吧！"

掌声中，林老师微笑说道："感谢大家各出其力，共同促成活动的举行。这次活动是一个契机，孩子们在这里获得了一些新的体验与认知，播下一些种子。接下来，需要大家拿起'接力棒'，让这些种子落地生根。"

林老师让我把《夏日成长手记》赠送给每位父母,她说:"这本手记是晓光老师作为旁观者的记录。它不是来自教室的教案,而是源于生活的现场。里面每个故事都是真实发生过的。我相信类似的故事,还可以继续发生在每个家庭里。大家不妨把它当作一本教育日记,从中获取养料。"

爸爸妈妈们拿到手记后,迫不及待地翻阅起来,脸上浮现起既感动又震撼的神情,这让我感到很欣慰。

我是哪一类父母

小川的妈妈秀兰是林老师的同学,心直口快。她看了一会儿就合上手记,抬起头,既感慨又焦虑地说道:"天哪,林老师的境界太高了!我们哪能做到这样?我每天两眼一睁就要上班,家里家外各种事,孩子爸爸也不管,我自己每天都很烦!唉,实在没有林老师的智慧,也达不到林老师的心境啊!"

小叶子的爸爸也微微点头,似乎有同样的担心。

林老师笑道:

"晓光的目的,不是为了让这本手记成为某种模板。它最重要的意义是:即使我们达不到某种高度,至少可以知道,哪些做法不对,哪些事情不能做。

"我曾经看过一种说法,将父母分为三类。

"一类是极少数高明优秀的父母:他们自身独立完整,有见识、有实力,也懂教育。对孩子既能以身示范,给予无条件的爱与滋养,又能全力托举,这一类是精养。

"另一类父母是平凡的普通人,不懂教育,没有资源。他们忙于自己的事,不去控制打压孩子,孩子无形中能得到自由发展,这一类是放养。

"第三类家长占比最多:他们读过一些书,懂一点教育,也有一些资源,特别爱管孩子,把人生的期望全部押宝在孩子身上。

"据说前两类家庭容易出人才,最后一类家庭,孩子的发展相对最差。"

做对的事,把事情做对

大家若有所思,林老师喝了口茶,继续说道:

"我很欣赏段永平的投资原则和人生哲学。他有两句话很值得大家琢磨:做对的事;把事情做对。

"这两句话不仅适用于投资领域,在教育领域也是一样的道理。先知道我要做什么,比知道我要如何做,更加重要。有了这一步,才能谈怎样把事做对。

"我们的教育很多时候是错的,大家都觉得又累又委屈。但要问是谁的问题,又找不出来。

"为什么明知是错的事还要一直做,因为短期看起来有利。

"逼着孩子写很多低效甚至无用的作业,可以避免产生孩子没学习的焦虑;以分数为重,可以产生孩子能考上大学的幻想。

"巴菲特说,没有人愿意慢慢变富。我们是不是可以不要急着赶路,缓一缓,等待孩子慢慢变好呢?"

把孩子当花养

小叶子的爸爸问道:"哪些事才是对的事呢?"

林老师说:

"每个孩子就像不同的花,有不一样的天性喜好。好的园丁首先要了解花性。了解之后,自然会知道什么是对的事。比如你不会天天给仙人掌浇水,也不会把君子兰拿去暴晒,因为你知道对于它们,什么是正确的事。

"在养育孩子的过程中,如果实在不知道什么是对的事,至少可以先做一些基本不会错的事。比如培养孩子独立的生活习惯,早睡早起,多运动,多阅读,多做家务,保护孩子的学习兴趣,等等。

"这些既不高大上也不起眼,短时间内看不到好处的事,恰恰是值得长期去做的事。

"再退一步,如果连这些也做不到,那就更简单了,父母做好自己就行,把孩子的事交给孩子。

"很多父母把管孩子与陪伴孩子这两件事弄混了。

"陪,说明孩子是主,你是宾,以孩子为主;管,你是领导,孩子是下属,孩子要听你的指令。

"即使要当孩子的领导,也得经常想想看,我自己在工作中,喜欢什么样的领导,不喜欢什么样的领导。"

小叶子的爸爸又是点头,又是笑,眉头也舒展了些。

林老师笑道:

"同时我们也不要怕犯错,没有人不犯错。只要发现做的是错事,当下即止的犯错成本最小。

"最怕的是明知道是错事却还在做。问他就说,大家不都这样吗,我能怎么办?

"但是错事不会因为做的人多,就会自动变成对的事。自己的事,最终只有自己负责。

"好的园丁不是忙着修枝剪叶,而是用心灌溉与静静等待。希望大家都能做教育的长期主义者,成为孩子最好的园丁!"

小叶子突然插话道:"哦,我明白了,为什么我的小名叫小叶子,原来我就是一朵花呀!"

大家哈哈大笑。小叶子的爸爸妈妈也笑了,妈妈一把搂过女儿,爸爸有点不好意思地拍拍她的肩,说道:"行!以后爸爸妈妈就把你当花养!"

太阳出来了,远处的山峦像一幅清新的水墨画。山风裹挟着松针的清香,吹进茶室,轻轻拂过每个人的脸庞,仿佛在诉说着:

请相信时间的力量。在寒冷的冬天里,在看不见的黑土下,种子在悄悄积攒力量发芽。春天会如约而至,它会在温暖里破土,在阳光下开花。

我们还会再见

孩子们都走了,我也要回去工作了。妈妈打了电话,说下午来接我。

从上山时的安静,到孩子们来时的热闹,此刻的小院又恢复了宁静。而我即将迎接山外的喧嚣,想到这里,心里还有点不习惯。

这两个月，我种的太阳花娇艳繁盛。在动与静的观察历练之间，我内心的小苗也愈加茁壮，全身充盈着前所未有的平静与力量。

我望着空荡荡的院子，走廊的地上还留着孩子们用粉笔画的跳房子格，角落里堆着他们捡来的松果，晾衣绳上飘着一件忘记收走的小花裙——都是这个夏天留下的印记。

"舍不得？"林老师的声音从身后传来。她手里端着两杯野菊花茶，微笑看着我，热气在晨光中袅袅升起。

我接过茶杯，温热的触感从掌心蔓延。

"是啊，看着他们从最初的拘谨，到现在的自在，就像看着花苞一点点绽放。"

林老师抿了一口茶，目光投向远方的山峦："我年轻时总想着要教给孩子什么，后来才明白，教育是唤醒。就像这山间的晨雾，看似无形，却能滋养万物。"

我低头看着杯中浮沉的菊花瓣，想起阿杰温和的笑脸，想起孩子们散步时的欢叫声，想起小叶子妈妈读手记时泛红的眼睛。

我轻声说："林老师，谢谢您，我好像找到了教育的另一种可能。这次山居时光的结束，正是另一段旅程的开始。我一定还会再来的！"

我把一本《夏日成长手记》整整齐齐地放进行李箱。风吹动晾衣绳上的小裙子，像一面小小的旗帜，轻轻摇曳在山间的晨光中。

教育的本质是唤醒，而非雕刻。从"松土培根"到"新芽破土"，晓光以乡村教育为试验田，探索如何借助天性之力，帮助每个孩子找到自我成长的原动力。

第六章

创造

探索自驱力密码

第一节

耕耘星野：初遇乡村教育

　　暮色里的铁钟还在摇晃，孩子们像一群麻雀，叽叽喳喳，跑散在远处弯弯曲曲的山路。

　　宿舍墙上贴的旧报纸已经发黄发脆，里面露出孩子们抄的古诗残句。锈迹斑驳的铁架床上，被褥是早上匆忙叠起的样子。

　　我坐在书桌前，从抽屉拿出日记本，翻开第一页，笔悬手中，迟迟未落。

　　来之前就想过，我会给林老师写信，集中在日记本里送给她。墨迹干了，字就永远留在那里，不像手机里的信息，不小心就会消失在信号里。

　　窗外的炊烟一缕缕升起，在暮色里散开。我望着对面茫茫的远山，手中的笔终于轻轻落下，墨迹慢慢晕开，像一盏灯，在暮色中亮起。

亲爱的林老师：

　　云南可真远啊。下火车时，我坐得腰都快直不起来了。

　　到站时，妈妈打来电话。她故作轻松地笑，说姑娘要远嫁了，但我听出了隐约的担忧。她叮嘱我一定要照顾好自己，每天发个信息。

我让妈妈放心,说学校有老师来接。

在市里的私立学校工作一年后,我参加了事业单位招聘,报考了云南小镇的一所学校。

妈妈几次问我为什么要辞职,我想了想,说:"那不是我想要的方式。"

林老师,我一直记得您说过:即使我们无能为力,但至少知道什么是不对的,是不能去做的。

我对妈妈说:"云南虽远,但毕竟是公立学校,爸爸也能安心些。"

出站后,还需要坐车一个多小时到县城。接我的土老师家在县城,他会带我到镇上的学校。

我找了辆拉客的司机大姐,胖胖的,热情健谈。她问我出差还是旅游,我说来工作的。她看了看我,说:"是来当老师的吧?"

我问她是怎么看出来的。大姐笑着说:"我天天在这拉人,像你这样的女孩子来工作,多半是当老师的。"

轮胎碾过坑洼的水泥路,车身猛地颠簸。大姐单手把着方向盘,另一只手摸出一包玉溪烟:"不介意吧?"

没等我回答,烟已经点着了。

"你要去的那个星野镇小学我知道,前年走了两个老师。去年县里派来个大学生,待了半年就考公务员走了。镇上老张家的小儿子,师范毕业后还在县一中教书呢,去年也辞职去了深圳。"

"为什么?"我问。

大姐说:"他爹辛苦打工供他读书,结果工作几年了连个房子都买不起,也谈不到媳妇。后来说是想通了,出去闯荡一下,比待在老家拿死工资强。"

快到县城了，一辆摩托车轰鸣着超车。骑车男人背上的竹篓里，窝着个穿校服打瞌睡的孩子。

大姐对我说："瞧见没？老张就天天这么接送孙子。孩子的爹妈在浙江打工，娃娃一放学就锁在家里。说是写作业，其实是天天抱着手机刷视频。现在的这些娃儿，一个个离开手机不得转。这还是县城呢，星野镇上的孩子更是没人管。"

我问大姐她的孩子怎么样。

她爽朗地笑："我家那两个儿子，只当是养了两个小爷。我们两口子辛苦扒拉地把老大供出来，读了个普通的二本，毕业两年了，还在省城送外卖。老二今年读六年级，我也不管他的学习了。他哥在前面打了个样，我也想通了：他如果是个读书的料子，我不管他也能读出来；不是那块料，我管也没得用！"

大姐吐了口烟圈，嗓门响亮地说："不过总有些人想不通。我村头的那一家，天天逼着孩子读书，动不动打得鬼哭狼嚎，吵得人不得瞌睡。他爹说他这辈子是不行了，娃娃们不能也像他这样没出息。照我说，这是何苦哟！"

手机突然震动，是学校的王老师发来定位。

汽车穿过闹哄哄的集市，停在一个院子前，有位戴着鸭舌帽的中年男人正在张望，这应该就是王老师了。

他略带腼腆一笑，打过招呼后，他接过我的行李箱，用绳子紧紧绑在他的摩托车后面。

我试探着问："咱们学校的老师年纪都挺大？"

"最年轻的张老师四十六。哦，现在你最年轻。"

我听见他又说句："去年分来个大学生，教了两个月英语，后来说在这里影响谈恋爱,跑了。"

路过一个坐满老人的小卖部,王老师刹住车说:"到了。"

眼前的水泥楼裂着细缝,墙皮脱落处露出暗红的砖。二楼栏杆上晾着几件灰扑扑的衬衫。

他拎起我的行李箱,打开门,简陋的房间,墙皮斑驳掉在地上,一股霉味扑面而来。

王老师说:"这里学生基础差,能教多少算多少,会写名字会算账,能进城打工就够用了。"

我赶紧问:"那语义课你们怎么上的?"

王老师为我放好行李箱,直起身说道:"就照着课本讲呗,多读多背多默写。你年轻,又刚来,要是管不住他们,就拿棍子敲。一开始不要多给好脸色,否则到时爬到你头上去了。有什么事就找我,我平时就住在学校,有事才回县城。"

安顿好后,已是下午最后一节课。程校长来了,他热情地和我打招呼,笑起来满脸深深的皱纹。

程校长带我去办公室,向老师们简单介绍了我,让我负责五年级的语文。

班上的孩子们会是什么样子?明天的第一课,又会是什么样子?我感觉好像即将翻开一本全新的书。

我合上日记本,起身推开窗户,山风裹着夜露的凉意涌进来。远处的村寨灯火零星,在漆黑的夜色中忽暗忽明。

月光从窗户漏进来,在水泥地上洒下一片银白。我躺在床上,听着窗外的虫鸣,渐渐睡去。

第二节

播撒善种：建立信任根基

夕阳正掠过窗棂，宿舍的书桌上，我摊开日记本，窗外传来孩子们的嬉闹声。

亲爱的林老师：

第一次推开五年级教室的门，我愣了一下。全班一共十二个孩子，课桌歪歪斜斜地摆着，黑板槽里积着厚厚的粉笔灰，墙角堆着几个瘪了的篮球。

粉笔盒里只剩几截粉笔头，我挑出最长的一根，在黑板上写下自己的名字，说道："我叫晓光，从今天起是你们的语文老师。"

孩子们歪七竖八，他们眼中有好奇，有审视，更多是没有表情的淡漠麻木。还有几个孩子歪歪地趴在桌子埋着头，一位女生长长的发辫垂坠在桌边。

我感到了低沉压抑的能量。站定后静了几秒，我微笑地说了第一句话：

"我们不上课，先聊聊天吧。你们知道我走进教室时，有种什么感觉吗？"

有几个孩子开始盯着我，趴着的有两个懒洋洋地抬起了头，其他人也流露出好奇的神色。

我说："走进来时，感觉教室里弥漫着压抑低沉的氛围，我心里就想，你们是不是刚才挨批评了？"

他们惊讶又好奇："你是怎么知道的？""你是不是刚才听到李老师训我们了？"

我摇摇头说："我没有听到任何话。只是进来的时候安静地感受，用心去看，就能知道。"

他们的眼睛开始发亮。

我继续说："如果我们用心观察感受，还能猜出别人的心情和性格。不信，现在随便选几位同学，咱们现场检验一下。"

他们被我的话吸引，议论起来，慢慢直起了腰，好奇又期待。

我看着一位男生说："你的性格比较内向，害羞，有点像个女孩子，内心细腻。你有点不自信，还很善良。我说得对吗？"

"对，他就是这样的！"旁边的同学抢着说道。

"是对的！小时候我经常被别人说像个女孩子！"这位男生的眼中流露出惊奇的神色。

我笑了笑，又看着另一位歪着坐的男生说道："你是一位不喜欢遵守常规的人，我猜你刚才又被老师重点批评了吧？"

同学们哄笑起来，他有点不好意思。

我说："你喜欢按自己的想法来，表现得大大咧咧、与众不同，但内心并不太自信。有时候对某些事你虽然心里承认，但嘴上不说。我猜得对吗？"

"不对！你猜错了！"他大声说道。

我笑了:"哈哈,这不是更加证明我猜对了吗?"

其他同学笑得更欢了:"老师你说得对,他就是这样的!"

"老师,你来猜我!""猜我!猜我!"教室里更热闹了。

我又猜了几位同学,基本都说中了,他们觉得很神奇。

我说:"其实这一点儿也不神奇,只要用心去看、去感受,人人都能具备这种能力,关键是要用心。接下来咱们玩个小游戏试试,你们会发现自己也有老师这种能力。"

听到要玩游戏他们很兴奋。教室里的能量不断扬升,像一锅冷粥慢慢有了热气,接着冒出几个小泡,咕嘟咕嘟又有更多泡泡在翻腾。

鼓励之下,四位同学分成两组面对面地站在一起,我请他们用心地看着彼此的眼睛。

旁边的同学好奇地捂嘴笑,他们也忍不住笑了。我用手机播放了一首轻柔优美的钢琴曲,音乐声中,窃窃声逐渐消失,全场慢慢沉下来,静下来。

与刚才热气腾腾的氛围不同,孩子们开始收回外散的注意力往内看。

我走到一位头发稀黄、衣服脏破的男孩面前,他孤单单坐在最后一排,没有人理会他。

我蹲下来对他说:"我们俩来吧!"

我看着他的眼睛,他的眉峰轻轻颤动。

对视短短数秒,晶莹的泪水就迅速从他肿胀的眼眶里沁出来。

我瞬间被一股强烈的悲伤、孤独的能量击中——他是那么渴望被爱!

我也流出眼泪。我蹲在他身边,手轻轻放在他的膝盖上,温柔地看着他。

他的泪水还在往外沁，同时又奇怪地咧嘴笑。他似乎是被好几种强烈的感受袭击，哭笑之间，自己也不知道内心发生了什么。

教室里有六个人在对视，真诚、内收的能量继续蔓延，其他的同学似乎受到感染，不再轻佻地嬉笑，越来越沉静。

一曲终了，我起身抱了抱那位男生。两位对视的女生，一位红着眼眶，一位擦着眼泪。

我请他们分享刚才的感受。那位女生说："我感到她的内心有很多悲伤，她也很坚强。看着她流泪，我也忍不住哭了。老师，我明白了为什么说眼睛是心灵的窗口，也相信我们是可以看到别人内心深处的。"

另一位女生还在擦眼泪不愿意说。我说，"好的，没关系。"

一位男生说："从他的眼睛里我感到他很胆小，有点紧张。他不敢看我，目光躲闪。"

分享后又有好几位同学想尝试，这次共有三个组进行，刚才那位不愿意说话的女生说想和我对视。

她的个子比我高，我看到一张略仰着的脸。那是双普通的眼睛，不大不小，不美也不丑，看上去似乎没有情绪。用心去看她，看到平静的湖水下面藏着坚硬的冰块。

好像是坚强，好像是不在乎，其实是在一次次孤独失望之后给自己筑起一道墙，保护自己不再受伤。

我微笑地看着她的眼睛，想用温柔去暖一暖她。她眼神里仍然平静、冰冷和倔强，眼眶有瞬间的红，又很快泛开了。

那一刻我百感交集——这是一个披着孩子的外衣的痛苦灵魂。

在她平时的嬉笑打闹里，其实有那么多的脆弱悲伤！

随着国家扶贫计划的全面实施，现在农村里缺衣少食的孩子越来越少了。但是据我观察，他们大多处于精神贫瘠、心理缺爱的状态。

为什么他们不爱学习爱玩手机？为什么听不进家长和老师的话？为什么眼神里没有光？因为内心那层厚厚的坚冰。

这些孩子就像长在贫瘠土地上的小苗。或许物质扶贫的下一步，是心灵扶贫。

想一想，我工作过的那个私立学校的孩子，他们家庭条件优越，被父母寄予厚望，但同样渴望心灵被滋养。

这个滋养是被理解，被看见。

林老师，我明白了：备课，不仅是"备知识"或"备学生"，更重要的是"备自己"。

我也更加明白了，为什么一开始您让我要先看清自己、理解自己，只有先养育好自己，才能滋养到孩子。

"备自己"是备自己的心，是身教胜于言教，是当我出现在孩子们面前，他们感觉我是什么样的人。

老师和父母所呈现的生命状态，比他们所说的话更重要。

您说过，孩子学习的问题，往往是关系的问题。要恢复他们对学习的热爱与信心，我必须先走进他们的心，构建新的关系。

我相信有些种子在悄悄种下，有些冰块在慢慢融化。生活就是这样，当我对它敞开心扉，它必回馈我勇敢的力量；当我与它赤诚相见，它也必给予我真诚的回响。

第三节
松土培根：重构学习定义

亲爱的林老师：

您曾经说，很多孩子厌学，是因为家长或老师对学习的定义过于狭窄单一，再加上长期高压所导致的。

我发现，重新构建对学习的定义，非常有助于激发他们的学习兴趣。

班上的这些孩子，底子薄，基础差，普遍厌学。我观察到班上学习成绩最差的几个，基本都是专注力差、懒惰不爱动、说话有气无力。他们的活力与自信似乎被封闭了。

这时候如果只抓学习，逼他们听讲、多做题，基本是没用的。因为心思不在这里，事倍功半。

要激发对学习的兴趣与信心，首先要激活孩子的心。有了心，才会对学习用心；愿意用心，后面才有希望和信心。

刚来的几天，我不急着上课，而是先和他们一起聊天一起玩，和他们一起吃饭，在我的宿舍下跳棋，慢慢越来越熟悉。

有一次上课，我问他们，什么是学习？人为什么要学习？

他们说，学习就是上课、写作业；学习是为了考试，为了将来能打工挣钱。

这些观念在他们的头脑中似乎坚不可摧，他们从没想过还有别的可能性。当信任关系初步建立时，这时就可以帮助他们改变对学习的看法了。

什么是学习？我们为什么要学习？要如何学习？什么样的行为要赞扬？什么样的行为要禁止？

我花了两节课和孩子们聊天讨论，最后提出两个观念和一个规则：

学习是为自己而学，学习是自己的事；

学方法比学知识更重要。

赞扬自利利人，禁止自损损人。提倡自己与同学相互支持、共同进步。允许暂时不想学习。禁止自己不学习还影响他人。

其次，要打破孩子们对学习的刻板观念，重构他们对学习的定义。

国庆放假前，我花了一个多小时给全班十二个孩子，每人写了一份假期作业清单。

对不爱动的孩子，布置跑步、洗碗、打扫卫生的作业；对不自信的孩子，让他们写自己的十个优点；对心事重重的孩子，让他给老师写信，说说自己的烦恼。比如：

小宇同学：

1. 请以《我的十个优点》为题写一篇作文，不少于600字，实在找不到优点可以问家人或同学。

2. 阅读两本课外书。

3. 学会做两道菜，请家人品尝，并请家人拍视频上传。

4. 录一段你大声朗读《少年中国说》的视频。可反复练习，找到最好的一段。

青青同学：
1. 请读完老师指定的那两本课外书，并写日记总结。日记我不看，当然也很欢迎分享。
2. 如果情况允许，请妈妈带你参观她工作的工厂，观察工人的状态及工作环境，返校后分享你的观后感。
3. 给老师写一封建议信，说说你对语文学习的想法、感受及建议，请注意写信的格式。
4. 学会两项之前不会做的家务活，并拍视频上传。

当我把这些量身定制的作业发给他们时，孩子们瞪大了眼："这也是作业？"

我笑道："这当然是作业，也是学习。请大家认真完成，假期回来我要检查哦！"

他们开心地答应了，说这样的作业太好玩了。

国庆返校后，孩子们展示假期作业。他们做家务的视频被投放到屏幕上，大家笑嘻嘻的边看边讨论，既兴奋又害羞。

有好几个孩子被要求写优点。他们扭捏地笑着，慢慢走上讲台，小声地读着自己的"优点报告"，一边读，一边偷偷笑。

小宇只写了自己三条优点，说实在找不到了。

我佯装生气："我看你那么多优点，怎么可能只有三条呢？不信让其他同学帮你说！谁来？"

好几个孩子举手,有的说他心眼好,有的说他爱运动,还有的说他长得帅。小宇听得笑开了花,满脸放光。我想这可能是他第一次听到这么多人夸他吧。

还有个男孩小哲,胖胖的小圆脸,各科成绩倒数,平时上课总是懒洋洋地趴在桌上,挺不起腰,从不举手说话。

针对他的情况,我让他学唱一首歌当假期作业,为此我还专门买了个无线话筒。

让我惊喜的是,在作业展示环节,小哲竟然主动上台唱了一支《萱草花》。虽然声音不大,音调也不准,但我使劲给他鼓掌,孩子们也为他高兴。我第一次看到他笑了,眼中有了亮光!

每个孩子展示完作业,我都会找到闪光点,给予正面反馈,表扬他们作业完成得好,学习认真。

这样做,就是为了让他们明白,"学习"和"作业"并非他们理解的那样。学会拖地是学习,做好一道菜是作业,敢上台唱一首歌,就是巨大的学习进步。

前天上课,在一个有趣的提问环节,小哲竟然举手了。看到他第一次举手,我很高兴。他回答得也很好,全班同学都自发为他鼓起掌来。

那一刻,他脸上的光芒,我想我永远都不会忘。

那节课上,小哲完全像变了个人似的,一直积极举手抢着回答问题。他的腰挺直了,说话声音大了,眼睛亮了,小脸开始笑了,整个人好像被激活!

小宇上课也变得积极了,每次当我走进教室,都能看到他眼中期盼与快乐的光。

就这样，一颗、两颗、三颗，有些小小的种子播下了。

有的孩子能主动自觉地学习，很可爱；有的孩子慢慢一笔一画地写作业了，很可爱；还有的趴了很久，终于举出蜷缩的小手开始说话，同样很可爱。

每个孩子都不一样。我不知道种子什么时候发芽，树什么时候开花。但您说过，好园丁要学会等待。

如果一定有期待，我希望能像魏巍笔下的蔡芸芝先生，等她的学生长大了，偶尔还能记起有这样一位老师曾经出现过。那曾经的一丝光亮，或许能温暖他们的某一段人生路。这样就很好啦！

第四节

春风化雨：分层激发潜能

亲爱的林老师：

到星野小学一个多月了，目前各方面顺利。

前期先和孩子们建立良好的师生关系，然后打破他们之前对学习和作业的固有观念，再慢慢激发他们的学习兴趣和积极性。

接下来，我在班上推行费曼学习法，鼓励孩子们上台讲课，通过输出倒逼他们主动去输入。

孩子们轮流担任小老师，是他们又怕又爱的高光时刻。

想想我小时候，最喜欢给小朋友当老师，一站在小黑板前，那股学习的认真劲儿就来了。

妈妈为了鼓励我，经常在家扮演小朋友，让我把在学校里学到的内容讲给她听。现在看来，她无意中运用的就是费曼学习法！

现在通过这种方式，班上的孩子们不仅加深了对课文的理解，也开始将知识内化，并学习用自己的方式表达。看着他们从最初的怯场到现在的侃侃而谈，我深感欣慰。

他们也喜欢给别人讲课的良好自我感觉，特别是几个优秀的孩子，上课时的台风、组织教学能力让我惊喜不已。

班有个女孩子叫小云，学习能力强，情商高。更难得的是她似乎天生就有很强的组织管理能力，擅长表达，懂得如何把一件事说清楚，把新的知识点教给不会的同学。

刚当老师时，我觉得教育很重要，觉得自己很重要。随着见识增长，我觉得种子很重要。如果说教育是土壤，种子就是天赋和天性。

林老师您说过，好园丁要会认种子、识天性，我慢慢越来越能体会这句话的含义。

费曼学习法再次调动了孩子们的学习积极性，但对有的孩子还需要再加一副"脚手架"。

起因是有位同学说，上晓光老师的课很开心，但能不能多讲一些，讲得少，怕影响考试成绩。

他们习惯了老师在台上讲，学生在下面听的被动学习，现在这种主动学习的方式，对于基础比较差的孩子，一时不太适应。

我很开心，这说明他们有了上进心，更在乎学习成绩了。我决定用小组分层的方法进行调整。

上课时，我对孩子们说：

"我们要成立两个小组。第一个小组是主动学习组，招募愿意自己主动学习的同学；第二个小组是支持学习组，招募需要老师多讲解的同学。

"你们可以选择进入任意一个小组。这两个小组没有高低之分，大家根据当前不同的学习情况来选择。

"小组成员也不是固定的，会根据学习情况调整，可进可出。由组员投票选举组长，组长愿意带领大家一起自学。"

孩子们马上涌上前台，纷纷在每组后写上自己的名字，正好每组各六人。接着第一组就开始了组长竞选，几个孩子争相发表竞选宣言，气氛十分热烈。

教室后面有很大的空间，我带着孩子们从杂物间搬来两张大桌子，让他们分别围坐学习，相互又不受干扰。

孩子们看到新课桌，高兴地又叫又跳，直呼太有学习氛围了，抱起我说："晓光老师，我们太爱你了！"

她们软软的小身子抱着我，我开心感动，又有点心酸——这些孩子们，这点事算啥啊。

现在有时候上课是这样的：

第一组的同学基础稍好也自觉，明确学习目标后，他们就在组长的带领下，在教室后面讨论学习。完了我来提问验收，他们再查漏补缺。

第二组的学习目标难度会降低，结合课文做题，补习基础知识。不懂的举手提问，我一对一讲解。

这就是因材施教的分层式教学。这不是创新，而是回归。

第一组的情况很不错。他们会轮流发表自己的观点，不懂的相互请教，然后由组长带领总结，最后再和老师交流。

有时他们讨论出的答案比我讲得还好呢。孩子们说，三个臭皮匠顶个诸葛亮，大家一起讨论，几个人的智慧有时比老师一个人的还强！

哈哈，正是如此！我颇感欣慰。

我再次感受到一定不要小看小孩子。一旦他们的主动性被调动出来，潜力会超出想象！

第五节

新芽破土：鼓励主动探寻

亲爱的林老师：

我很开心地看到他们爱上了语文，喜欢上了学习。他们分小组自主学习讨论，全身心地投入，下课时还能看到他们兴奋发亮的眼神，仿佛还沉浸在刚才学习时的心流状态中。

这些孩子们的成绩基础并不好，但学校没有那么多压力，农村的家长也不怎么管，我经常不布置作业，或作业很少，这些因素反而让孩子们有了更多的成长空间。

他们凝聚在一起，好像有一条看不见的精神河流，不停地流淌。我是发起者、跟随者、观察者，时而在前，时而在后，仿佛与他们和谐共舞。我享受着这个过程。

孩子们在这个过程中发生了许多神奇有趣的故事。有时我只恨自己太笨，写不出那么多精彩的时刻。我真希望能让更多的父母和老师们看到：只要激发出孩子的学习自驱力，学习完全可以不必那么内卷辛苦。

孩子们只是知识经验的无知，但并非生来愚蠢。只要给到正确的引导方法和自由探索的空间，他们就会迸发出强大的学习力与智慧火花。

很多时候是我们把自己的恐惧焦虑转嫁到了孩子身上，导致孩子渐渐丧失自驱力，学习状态越来越糟，躺平、抑郁的孩子越来越多。

现在班上的小组自学进入了改革"深水区"，这个过程也很有趣。

他们目前基本可以脱离老师独立自学，心态上没问题。但是过往被动灌输的学习模式对他们影响太大，导致有时自学也是被动输入。

比如有的小组长会把课后思考题的答案写在黑板上，直接让大家抄。这样看起来也是小组自学，但这只是形式，并不是真正意义上的自主学习。

针对这种现象，我又发起"谁能提出好问题"的比赛活动，鼓励他们通过提问的方式，激发独立思考、解决问题的能力。

比如在自学《鸟的天堂》这篇课文时，有位组长兴奋地跑过来对我说，有位同学提出了一个很好的问题——为什么作者最后说"我的眼睛欺骗了我"？

我当时让孩子们暂停，说这就是一个好问题！一个好问题就像一把钥匙，能帮我们打开一扇门，发现一个新世界。

我问他们，为什么会提问题这么重要？

有孩子回答："当我们能提出好问题的时候，说明我们的脑筋转动起来了；脑筋转动的时候，属于自己的知识才能转进来。"

全班鼓掌！我高兴地赞扬："这个回答比老师刚才讲得还好！"

在接下来的课程中，孩子们纷纷提出很多有价值的问题，带着问题在小组和全班讨论。如果都拿不准，就找我借手机查资料。

一本薄薄的语文书，一学期就那么二十几篇课文，内容并不多，没必要束缚在里面。教材是桥梁，是工具，要借此为抓手，训练孩子们的自学能力和思维能力。

我计划快速学完剩下的几篇课文，剩下一个月的时间让孩子们大量阅读，以及做一些专项训练。

对了，阅读也是我特别鼓励的。我给他们买了课外书，也发动一些朋友寄来家里的二手书，在教室后面建了个小小的图书角。让孩子们从离不开手机，到开始爱上阅读，这是我的一个小目标。

有次，小组长玲玲找我告状，说她之前带大家自学的方法，开始很管用，现在又不管用了，谁谁上课又调皮了。

我对她说：

"每位同学都在成长变化中，没有什么方法是一劳永逸的，也没有谁会一直怎样。

"当小组长最大的好处是可以不断发现问题、解决问题，在这个过程中，你们的脑子是转得最快的，成长也是最快的。把每个问题都当作是一个机会，我相信你们都能解决！"

玲玲给我比了个 OK 的手势，开心地笑着跑了。

小组长是轮流当的。在我一次次的激励中，小组长们自创出很多教学方法：比如板书时故意写错生字，看谁能发现；有的创立积分制，用自己的零花钱给积分高的同学买小奖品。

还有的小组长很擅长一对一谈心，如果哪位同学上课不认真，就会找人谈话做思想工作。据说又有批评又有赞扬，还讲方法，谈得对方心服口服。

一门心思琢磨如何让别人学好、学会，同时越来越会解决问题，这样的孩子还怕考试成绩不好吗？期中考试的结果也证明了这一点。

林老师，我发现不管学习哪门课，要把教材当工具，目的是培养孩子的自学能力，提出问题、解决问题的能力。而不是扼杀了这些最宝贵的能力，只为了学书本上那一点知识。

站在我个人成长的角度，我也是在不断发现孩子们的问题，并且解决问题的过程中成长。

另外让我欣慰的是，王老师也注意到我这种教学方法。有次，我看到他也在班上摆开桌子，让孩子们分组比赛读课文。

林老师，写到这里，我想起您说过的话：要做一个美好的人。

不管处于什么样的环境，也不管别人如何，去做正确的事。同时不去要求别人，不知不觉间，环境就会悄然改变。我们每个人的力量都不可小看。

第六节
花开满园：成长善借天性

夕阳下的校园慢慢恢复了宁静。坐在宿舍的书桌前，我又翻开日记本——就剩几页了，等今天的写完，就要换新本子了。

我打开抽屉，拿出一个牛皮信封，里面是一沓照片。最上面的一张是我刚来星野时，王老师抓拍的：我抱着一摞图书站在教室门口，阳光从身后斜斜地洒进来，一群孩子围着我：小丽踮着脚往镜头里凑，青青害羞地躲在我右边，小成手持一本《十万个为什么》站在我左边，眼睛亮亮的。

第二张是我和孩子们在操场上打羽毛球。还有一张，我在石凳上看书，两个女孩在我身后笑，悄悄做比心的手势。

我拿起下一张：五颜六色的便笺纸摆满办公桌，是我给每个孩子手写的国庆假期作业。

再下一张是小哲，胖胖的小圆脸，手持麦克风，站在讲台上唱歌，其他孩子们笑着在鼓掌。

我翻看着照片，时间过得真快啊，这一幕幕好像还在眼前，就已经快到期末了。打开日记本，我又开始写信了。

亲爱的林老师：

前几天我在朋友圈发了孩子们的视频，配了一段话："懒惰"的老师带出勤快的学生，教育是塑造生命状态的艺术，是搭建精神生活的创造。

视频有两个场景。第一个场景：课堂上，孩子们分成几个小组，在组长的带领下自主学习，劲头十足；第二个场景：在我的办公室里，几位小组长讨论如何备课才能让组员们学得更好。

作为他们的支持者、观察者与记录者，每当看到这样的场景，我内心总会涌起由衷的赞叹与喜悦。

几个月前接手这个班时，孩子们基础很差，自卑、厌学。现在学习兴趣普遍增强，已经可以独立自学。他们强烈的学习劲头，眼里的光、脸上的笑，让我很欣慰。

因为孩子们的期中考试成绩大有进步，程校长找到我，让我在教研会上谈谈心得。我简单整理了一份小结：

首先，改变思想。建立良好的师生关系，种下新观念、新方法的种子。

磨刀不误砍柴工。刚到新班级，如果孩子们学习状态不那么好，这时不要急着讲书本的内容，而是先建立良好的关系，再帮他们厘清观念、改变认知、树立规则。前面的这些基础打好了，后面将事半功倍。

其次，让一部分人先"富"起来。以强带弱，把课堂的主体交给学生。

瞄准班上能说会道、胆子大、基础好的孩子，让他们当班干部，带头自学、备课，上台讲课，推行新的学习方法。哪怕开始讲得不好也找到闪光点多鼓励表扬，让少数优生先学习如何自学。

老师一定要讲清学习方法并反复示范，让他们从模仿到创造，循序渐进。放手绝不是不负责任的甩手。

渐渐地，敢讲、会讲的同学从一个到两三个、三五个，这时再分小组学习。让会讲的同学当组长，在小组里讲课，带着组员自学。从点到面，能讲、会讲课的孩子越来越多。

再次，包产到户。抓方法，提思维，灵活变化，鼓励创新。

讲课能力与组织能力最强的是课代表小云，其次是各位小组长。我鼓励他们组建"助教"团队，教他们如何搞教研，小组与小组之间进行教学比赛，讨论备课方法，如何讲课效果更好。

让学生搞教研，这又是新方法，孩子们的学习兴趣更是空前高涨。

我的宿舍经常被他们当会议室，他们几乎每节语文课后都自发来开会，总结上节课组长讲得怎么样，哪位同学需要重点关注。

组长还要在小组里培养新组长，谁的小组里会讲课的人越多，小组长就越成功。

如果孩子们都会用老师的思维去备课、讲课，就不愁他们不会学习了。这也正是我反复对他们说的：找方法比学知识更重要。

林老师，以上就是我这段时间的大致总结，这个过程还真像咱们的改革开放呢。另外还有个有趣的事要和您分享：

有一次，我与课代表小云交流如何让各个小组的课堂更有吸引力，聪慧的小云突然说道："老师，我明白了！想让同学们学得更快更轻松，就要把每节课设计成一个游戏！"

我由衷地称赞："你太棒了！你这个发现比很多名师和专家都厉

害哦！"她开心地笑了，眼睛亮晶晶的。

现在上课就是游戏。学生反转当老师，小组与小组之间打PK、积分抢答、集体点赞等。

谁不喜欢快乐？学习不再是枯燥的被动灌输，从无趣到开心，成绩越来越好就是自然而然的事。

每次看到他们热烈的讨论，主动学习的激情，绽放的生命状态，我既幸福，又颇多感慨。

当孩子们的学习主动性被激发时，迸发出的精神火花、智慧之光，让我时时惊叹于生命成长的美妙。

现在各小组"包产到户"，孩子们在组长的带领下，"耕耘"在各自的"自留地"。他们时而安静学习，时而激烈讨论，时而掌声响亮，时而欢笑跺脚。

我这个老师也越来越轻松，可以腾出更多心力来关注细节、把握全局。

现在课代表小云就相当于我之前的角色。上课时全班巡视，支持组长，课文学完后，她主持测试和PK赛，检验学习效果。课后主持小组会，复盘各组的学习情况。

孩子们从坐等着吃老师的"大锅饭"，到"包产到组""包产到户"，这些事，真真切切地发生在一个农村薄弱小学的五年级。

我的做法并非创新，只是老实回归教育的规律，把课堂的主体交给学生。我敬仰的前辈教育家魏书生老师，一直都在这么做。

魏老师说过，教育最大的成果是激发学生学习的主动性。

当成人一旦认为孩子是弱小和无知的，傲慢就生起了，不相信孩子是学习的主人，不相信他们可以自己学习且喜欢学习。

于是种种施压，孩子觉得学习是别人强加的任务，自然想要远离，于是不爱学习、敷衍逃避。

在成人眼中，孩子对压力的逃离正好成为证据：看，小孩子就是不爱学习，要盯着才行。

于是大人盯得越紧，孩子逃得更急，开启恶性循环。猫和老鼠的游戏在无数个课堂与家庭中上演。

有家长感谢我教得好，说孩子变化大。我说并不是我高明。

林老师，这是我的大实话。我只是渐渐学会了借力，借助每个孩子本自具有的好奇心、学习力、成长欲、成就感等天性，帮助他们学习。

这些人人都有的天性，才是他们最好的老师。

《道德经》里说"处无为之事，行不言之教"。无为不是放弃，不是躺平，不是什么都不做。借天性之力而行，倚天然之势而为，方是教育之道。毕竟人再卷，也卷不过老天啊。

写完最后一个字，只剩下半页纸了。我把那些照片和日记本放在一起，小心地包好，准备明天托王老师寄给林老师。

想了想，我又挑出一张与全班孩子的合影，贴在日记本的第一页。

操场的大树下，十二个孩子姿态各异，围着我摆出不同的姿势：有的孩子歪头比心；有的孩子一手叉腰，一手抱树；有的孩子双手合十单脚站立；有的孩子双手高举，像是在拥抱天空；还有的孩子躺在地上，跷着二郎腿，笑得见牙不见眼。

照片的右下角，我盘腿坐在草地上，还有个孩子正往我头上插一朵小花。阳光透过树叶的缝隙洒下来，在每个人的笑脸上投下斑驳的光影。

我拿起笔，在照片旁边写下四个字：点亮心灯。

这里的夜晚真静啊。我关上灯，月光在墙上投下摇曳的林影。窗外的树叶沙沙作响，在风中轻轻摇曳，像是在和这个学期告别。

第七节

各美其美：静待时间酝酿

云南的冬天依然温暖。昨天期末考试结束，孩子们已经放寒假了。

校园格外安静，正午的阳光照进办公室，落在堆满试卷的桌上。我起身揉了揉发胀的眼睛，将语文期末分数统计表收进抽屉，脚步轻快地回到宿舍，打开新买的日记本。

这是托王老师在县城买回来的，小超市里最普通的黑塑封本子。

亲爱的林老师：

昨天期末考试，今天孩子们的成绩出来了：及格率90%，人均81分。

从上学期的人均53分到这个结果，让我更加坚信，找回自驱力的孩子，学习成绩一定会越来越好。我也想马上向您分享这个好消息。

明天老师们放假，我要回家看妈妈。我给您寄去了全班孩子的合照，您看见了吗？他们都那么可爱，我真希望您能认识每一个孩子。

如果问我谁是这个班最优秀的孩子，我想那应该是小云。在我看来，成绩好只是她的优势之一，她最宝贵的是极强的悟性、灵性与领导力。

她是那种老师讲一，她马上能领悟到二和三，并且在行动上做出四和五的孩子。老师当然喜欢这种正面的教学反馈，会倾其所能地培养她。

她是班长，是各科老师的小助手，"六一"在全校表演独舞，公开活动作为学生代表演讲。她越优秀，各种机会就越多；锻炼的机会越多，她就越优秀，成长越快。

小云身上有种农村孩子少有的气质：坦然大方，不卑不亢。老师们喜欢她，她不过分得意；谁说她不好，她也不太争辩计较。

和她聊天时，我能感觉到她内核稳定，对老师既尊重又平等，这一点在农村的小孩子身上很难得。

小云长得白净清秀，衣服干净整洁，搭配得体，一直在校外学舞蹈。在村子里，她的家庭条件算是不错的。

我去家访过，她爸爸在外工作，妈妈在本地打工。我去的时候妈妈还没下班回家，她要做作业，热晚饭，还得照顾读一年级的弟弟。

小云说她只要是买课外书，妈妈总是有求必应。后来有次在学校见到了她妈妈，一身红色大衣，笑容温和又灿烂，气质长相不错，看不出是农村妇女。

这个孩子是有天赋有灵性的，再加上父母人好，不鸡娃也不唠叨，农村的环境相对简单，如果再遇上好一点的老师，那是很好的童年。

许多人认为，孩子只要多做题就能成绩好。在我来看，至少在小学阶段，成绩好往往是这个孩子各方面综合能力叠加的结果。

再说青青的故事。青青也是优秀生，班上前三名，甚至有时考试成绩比小云还好。像她这样听话省心、学习又好的，是许多父母心中理想的好孩子。

她妈妈对她的学习抓得很紧。听青青说，除了学校的作业，妈妈还另外布置。

青青的作业工整认真，和她一样，规规矩矩的，几乎不出错。但她的灵活性不是很强，表情总有点怯生生，眉宇间略有忧愁，很少主动提问。有时我有意让她承担某件事，她的第一反应通常是犹豫担心。

她的语文成绩一向很好，但目前短板开始显现，阅读理解题成了她的苦恼。她说有时候看不懂文章的意思，有时候大概知道意思，但回答问题时不知道怎么组织语言。

我问她，"那你觉得有什么办法调整呢？"她想了想说，"我要再多做些阅读理解题。"

我笑了笑。正好她的困惑并非个别，我用一节课专门讲如何提高阅读理解能力。

我先放了一首歌给孩子听，然后让他们说说听出了什么，感受是什么。

有个别孩子能简单说出一两句,大多数孩子沉默。

我说:"其实你们这就是在做阅读理解题,只不过把文字变成音乐,不是用眼睛看题,而是用耳朵听题。"

他们惊讶地看着我。

我说:"阅读理解远不止是书上的作业题。听一首歌,看一幅画,听某个人讲话,都是在做阅读理解,可以说阅读理解无处不在。"

小云举手说:"要提高阅读理解能力,不是靠多做题就行,而是要善于联想!"

我说:"说得很对,第一是要善于联想,第二是要善于透过表面的信息,体会到它更深一层的意思,归根到底是思维能力。如果只把阅读理解局限于做题就太死板了,因为每篇文章都不同,变一种问法,可能就又答不上来了。"

有些家长希望孩子不要输在起跑线上,但管太多可能会适得其反。提前透支孩子的灵性与想象力,可能会让后面的学习越来越吃力。

现在的孩子们普遍觉得作业多,做作业本身没有错,但如果写作业占用太多的时间,大脑接收的信息就变得单一。

就像偏食会营养不良,孩子们的时间被禁锢,也会导致心灵营养不良。用孩子本有的灵性换取眼前的一点好成绩,不划算。

接下来讲讲小丽和小成,他们也很有代表性。

小丽的成绩比小成要好,之所以把他俩归为一类,是因为他们有相似的心理需要。

这两个孩子的父母都不在身边，跟着老人生活。小成的父母在外地打工，一年只回来几次。小丽出生不久妈妈就离开家了，她至今不知道妈妈在哪里，打电话也不接。

这两个孩子都"爱表现"。

小丽聪明机灵，能量很强，但她这股劲儿常用在对老师的察言观色上，然后投其所好。

小成很喜欢听表扬，只要被表扬了，做什么都格外带劲。但因为这股劲头源于外在，就像汽车跑一段就要去加个油，否则就泄气不动了，要么调皮捣蛋，要么独自生闷气。

他俩的成绩都不太稳定，忽上忽下。

小路成绩中等，是大多数中间派孩子的代表。这类孩子也有明显的共性：说话少且声音小。

他们学习成绩不好也不坏，在班上不显眼，也不惹事。与小丽、小成刻意吸引他人关注不同，他们仿佛给自己披了隐身衣，默默无闻想要躲开目光。

不管在某个班级还是单位，只要在群体里，小路们是沉默的大多数。

还有的孩子学习成绩一直垫底且调皮捣蛋，不易管教，这是最让家长老师头疼的"学困生""后进生"。

这样的孩子其实好管。他们太久得不到认可，成绩一时半会儿又赶不上，那就多让他们为班级做事。从各方面多给他们赞扬，引导他们把富余的能量转到积极正向的方面。虽然惯性还很强，但总会慢慢成长。

培养孩子就像种树，果实不行，要回到根子上找问题——这个根就是孩子的生命状态。

他的能量是强还是弱？内心是自卑还是自信？思维是灵活还是固化？把心的状态调整好了，学习成绩自然会好，因为学习成绩也是内在状态的外显。

这学期我布置的作业很少，经常没有作业。但前几天偶尔全班一起做闭卷练习时，发现他们的正确率反而大幅提升。

古人说："汝果欲学诗，功夫在诗外。"想写出好诗，要在作诗之外下功夫。要想成绩好，也要在写作业之外多下功夫。

幼儿时期，人的自我意识像一堆雪花，与外界互动形成的反馈像一只大手，慢慢把这堆雪花捏造成型。

精神生活匮乏，缺少关爱，自身能量又不足的孩子，就像一片片散落的雪花，没有自己的模样，或者随波逐流，或者随时消融在漫天大雪中。

被过于控制的孩子，就像平庸匠人雕成的小雪人，乍一看有模有样也好看，但缺乏自然的灵气和经冬越夏的持续力量。

既有爱又有自由的孩子，像是大自然的造化：这样的雪花可以随风起舞，可以融成溪流，可以凝结成冰，也可以化雾成云。借由天地生养万物之力，形成自己的模样，成为自己的主人。

爱与自由，是成长的养料，是每个生命最深的渴望。

雪花飞舞时，没有哪一片不可爱。

写完最后一个字，我刚要起身喝水，听到外面有人敲门。打开看是王老师，他举着一个小纸箱说："晓光老师，有你的包裹，好像是上次你给我的那个地址寄来的。"

第八节

薪火相传：生命影响生命

是林老师！我一阵惊喜，谢过王老师后，忙坐下打开纸箱，里面是一个崭新的精美日记本！

浅绿色的棉布封面柔软细腻，摸上去像初春草地般温暖的触感。封面上绣着几朵蒲公英，白色的绒球轻盈地飘散，细密的针脚勾勒出每一根绒毛的轮廓，仿佛轻轻一吹，它们就会随风飘走。

纸箱下面还有一封信。我手指微微发抖，展开信纸，一缕淡淡的茶香与墨香。那熟悉的气息，让我仿佛瞬间回到怡湖山的时光。

亲爱的晓光：

你好！

收到你的信和照片，看到了你和孩子们在大树下的笑脸。你找到了自己想走的路，我真为你高兴！

你的来信，让我想起朋友讲过的一个真实故事。

曾经有位朋友告诉我，她读小学时流行测智商，她弟弟因为学习成绩很差就被送去测量，结果只有70多。

按说一般正常儿童的智商值在80至120之间，她弟弟稍低于正常值。当然，现在看来，70多处于正常值临界点，单次测量也可能存在着波动范围，并非绝对值。

但朋友的父母很着急，担心儿子是智障儿童。好在除了学习差、反应慢点以外，弟弟也没什么特别明显的不良反应。再加上那时家里孩子多，所以就没太当回事。

自那以后，父母对弟弟在学习方面不给任何压力，只要每天能上学、会认字就行了。

有次考试出题简单，弟弟竟然考了六十多分，父母非常开心。后来又没考好，他们也不生气，反觉得这才是正常现象。

于是，她弟弟在父母既没要求、又关爱鼓励的氛围下，一直以轻松的心态上学。后来成绩渐渐稳定，每回考试基本能在六七十分之间徘徊，父母对此更加开心。

小升初时，她弟弟居然考上不错的中学。高中时喜欢上画画，自己跑去学美术。

父母心想反正他肯定考不上大学，就随他折腾。但万万没想到，她弟弟的兴趣竟成为优势，顺利考上某大学的美术专业。

拿到入学通知书时，她父母简直不敢相信"傻"儿子竟成了大学生！毕竟那时的大学生很有含金量。

弟弟大学毕业后找到工作，因为他也觉得自己不够聪明，所以工作格外努力。后来离职，开了艺术设计室，又结婚生子，过着平凡幸福的小康生活。

朋友说，不仅如此，她弟弟还活得特别自在，很少受他人意见的影响，人格非常健康。从各方面看，都算是"差生逆袭"的典范。

相反，我朋友因为从小就很聪明，当时智商测试120，成绩非常好，父母就把期望全部转移到她身上，经常拿她和更优秀的孩子比较。

朋友觉得自己一直在压抑与否定中长大，很多方面不如弟弟独立洒脱。虽然现在过得也不错，但无论个人天赋的发挥，还是幸福感，都不如弟弟。

很有趣的一个故事，暗合了教育中的"皮格马利翁效应"。

这个实验你应该知道的：美国有几位心理学家，在某班公布了一个学生名单，声称名单中的学生具有极高的学习天赋。

几个月后，心理学家对全班学生进行测验，发现名单中的学生成绩明显提升，其他方面也表现更优秀。于是大家都认为这些学生的确天赋过人。

真相是这个名单是随机挑选的，但因为有心理学家的声明，老师会更关注和欣赏这些学生，给他们更有挑战性的学习任务，并寄予厚望。

老师们的态度与做法极大地激励了这些学生，他们果真越来越优秀。

这个实验又被称为"期望效应"，意指人们对某人的期望会影响这个人的表现，最终使期望变为现实。

但这个实验结论似乎不能解释朋友弟弟的故事。实验中的学生因为获得较高的期望值而变得优秀，朋友的弟弟是因为较低的期望值而逆袭。

不同的期望值，获得同样良好的成长，两种现象是否冲突？如果说良好的教育结果有某些共同因素，那又是什么呢？

我们来看这两个案例中的孩子有哪些共通之处：

首先，他们都获得较高的尊重与接纳。

两个案例中，教育者期望值的高低并不是关键要素。无论是实验中的学生，还是朋友的弟弟，与其讨论期望值高低的问题，不如说他们都获得了身边的关键教育者，较高的尊重与接纳。

老师们坚信心理学家的判断，因此对名单上的学生抱有很大的尊重与耐心。即使有人答不出题，或没考好，老师们也会认为这只是暂时的。

朋友弟弟的老师不会对他特别留意，主要是父母承担了关键教育者的角色。

父母对儿子不抱期望，对他的状态完全接纳。表现不佳也不在意，反认为是正常的，其他方面也不太干涉，给了他充分的自由。

更重要的是，他的父母只是不给他学习压力，并不是放弃不管，父母一直都很爱他。

其次，他们都获得了及时的正面反馈。

实验中的老师和朋友的父母，对孩子的反馈有两个特点：赞赏鼓励远多于批评指责，信任包容远多于怀疑与苛刻。

不过要注意的是，正面反馈不是只能表扬不能批评，它的重点在于沟通的态度。

批评的话，也可以用平和慈爱的语气和方式表达。同样一句话，用不同的心态和语气表达出来，效果会完全不同。

我们上一代的父母，普遍的心态是孩子表现好才是正常的，表现不好就批评指责。正是在这种背景下，我们才说需要多一些赞美和肯定。

朋友的父母对弟弟的做法，无意间正好相反：孩子表现不好是正常的，表现好就真心实意地夸赞。

姐弟两人，同样的父母，不同的天赋，不同的教育方式，形成不同的教育结果。把两者的结果对比看，很有意思。

还有第三点：他们都处于良好的学习氛围中。

刚才我说的前面两条固然重要，但有个大前提却是不可或缺的：两个案例中的孩子都有良好的学习资源，有爱他们的父母和老师。

亲爱的晓光，讲了这么多，不知道你发现没有，星野小学的孩子们，因为有了你，无意中恰好获得了这三个因素：

高度的尊重与接纳，良好的学习氛围，及时的正面反馈。

这三个因素的叠加，使他们自然茁壮成长。

教育是农业，学校是森林，班级便是林间的一片小树林，好老师可以创造一片生机勃勃的土壤。

森林是一个自然的生态系统，物种之间开放又包容，共生又独立，每一朵花、每一株草、每一棵树都能在这里尽情绽放。

树有高有矮，有的挺拔，有的婆娑，各自生长，又相互依偎。孩子们如树苗，有的抽条快，有的长得慢，但只要土壤肥沃，根扎得深，总能长成自己的模样。

亲爱的晓光，我为孩子们感到幸运，因为有你，他们在绽放。

最高明的教育当如种花：培其根，候其时，知其性，悦其姿。

愿你保重身体，静待花开。

林欣　书于怡湖居

看到最后，我的眼眶已开始模糊，一股股暖流从心底涌上来，像是春天的溪水，轻轻漫过心田。

我轻轻打开日记本,淡黄色的道林纸上,印着一朵朵飞舞的白色蒲公英,上面有一首诗:

用生命影响生命

把自己活成一道光
因为你不知道
谁会借着你的光
走出了黑暗

请保持心中的善良
因为你不知道
谁会借着你的善良
走出了绝望

请保持你心中的信仰
因为你不知道
谁会借着你的信仰
走出了迷茫

请相信自己的力量
因为你不知道

谁会因为相信你
开始相信了自己

愿我们每个人都能活成一束光
绽放着所有的美好

　　窗外，远处的梯田在阳光下泛着金黄，树叶在风中摇曳，像是大地在低语。日记本右下角那朵小小的蒲公英，像无数个种子，闪着光，飞散到辽阔的天地间。

当怡湖山的雪花飘落衣角,教育的答案已藏在雪地跋涉的脚印里:关于人的本质、教育的未来,最终都将指向一场自我认知的远征。

第七章
未来
自我认知的远征

第一节

怡湖山重逢

春节刚过，怡湖山的积雪还未完全融化。

谢过出租车司机，我提着云南普洱茶，走到小院门前。离开这里有一年多了，与那个夏天相比，此刻冬雪下的山林更显寂静。

亲爱的林老师，她在干什么呢？

我轻叩门扉，有脚步声慢慢传来。门开了，林老师穿着蓝色中式绣花袄，惊喜地说："晓光，是你来了！"

我搓了搓冻红的手，笑道："我想给您一个惊喜嘛！"

林老师笑着说："你可变了不少。黑了，瘦了，但眼神更亮了。走，我们进屋煮茶。"

炭炉上的水壶咕嘟作响，炭火温暖，雾气缭绕，普洱的茶香渐渐弥漫。

林老师还是那样亲切温婉，微笑着为我倒茶。

握着热热的茶杯，我感到一股暖流直入心间。

我说：

"这一年多，我不断在印证、消化您说的很多话。对于教育，慢慢有了一些自己的理解和想法。

"您曾问过我什么是教育，我自己的定义是什么，这个问题一直在我心里。

"很惭愧，这次来怡湖山，我还是无法给您一个清晰的定义。林老师，您知道吗，今年的春晚，当我看到整齐的仿生机器人精准地完成群舞时，不知为什么，我不可抑制地泪流满面。

"我清晰地看到未来正以势不可挡的速度汹涌而至，而我们的教育却似乎仍独处一隅，还在唱着古老的歌谣，演着传统的皮影戏。

"这个寒假，我尝试用DeepSeek备课、写课件、讲题、阅卷，发掘它的各种教学功能。在它强大的能力面前，我既惊喜，又悲凉。

"在市里最好的私立学校工作时，我看到最优秀的老师，也只是在教孩子们如何更高效地掌握知识。但如果借助DeepSeek作为学习工具，我们大多数人恐怕真不是它的对手。

"还有许多像星野镇这样不发达的地方，更多的老师仍然在用最传统、枯燥的方式向孩子们灌输知识。

"看到科技进步与教育发展之间巨大的鸿沟，我真有点儿悲观。不知道还需要多长时间，教育才能赶上科技的脚步。

"我很困惑，为什么许多家长和老师，明明看到未来已来，却仍然固执坚守旧有的方法与观念。似乎在教育里，保守就是最大的安全。

"林老师，在人工智能时代，教育将何去何从？我们作为老师，又该扮演什么样的角色？最后，还是要回到那个根本的问题：教育，究竟是什么？"

第二节

教育的未来

　　林老师安静地倾听，她抬起头，眼神宁静温暖。她往小茶炉里又添了几颗橄榄炭，说道："要回答教育是什么，首先要回答人是什么。晓光，你认为人是什么呢？"

　　我想了想："人是由物质的肉体与精神的心灵，共同组成的复杂系统。"

　　林老师说：

　　"对，身体有八大系统，心灵更为复杂。它有多种功能：感受、思想、行为与判别。这些功能再加上物质身体，就构成了人。

　　"人与人工智能的区别是什么呢？首先是'硬件'不同。其次，一般认为人有自我意识和情感，而人工智能没有。"

　　我笑着插话："我感觉与 DeepSeek 聊天好有温度，比很多人更懂我，更会逗我开心。"

　　林老师笑道：

　　"是啊，不过那仍然是算法的功能。刚才我们说了，人与人工智能最大的区别，是人有自我意识与情感，这是人之所以为人的独特性质。

"有人说，未来的教育，最重要的是培养人的独特性。教育的终极使命，是培养在技术洪流中仍保有诗性与神性的完整的人。

"还有人说，当 AI 能写出完美的十四行诗时，我们更要教会孩子为不公而愤怒，为落花而流泪；当 AI 能解构《蒙娜丽莎》的黄金分割时，我们仍需守护凝视画作时心灵的震颤。

"他们认为，这或许正是智能时代最珍贵的教育悖论：越是技术发达，越需要唤醒人类独有的'无用'与'不实用性'，因为那是造就了敦煌壁画、贝多芬交响曲和庄子《逍遥游》的精神基因。"

林老师轻轻喝了一口茶，停了一会儿，继续说道：

"对这些说法，我持保留意见。这些观点看起来很美，但我想问的是：

"在那些为爱愤怒、因花落泪中，里面难道没有暗藏着生而为人的痛苦吗？

"如果看不清是痛苦还是悲悯，那为什么要让孩子们在烦恼中，去寻找所谓的无用之美呢？这种美的意义何在？"

林老师的话，犹如巨大一击，让我愣住了。

我慢慢说道："如果连这条路也堵住了，那未来更不知将何去何从了！"

林老师喝了口茶，微笑道："还是有路的。"

她轻轻拨了拨炉炭，火苗跳了起来。

林老师说：

"人工智能，归根到底是人类依照对自己的理解创造出来的。就像孩子将来可能比母亲更聪慧强大，但毕竟是母亲所生。

"人试图通过创造一个比自己更强大的自己，从而体验人类的伟大。

"但是就目前而言，最大的问题在于，人类并不真正了解自己。意识的本质是什么，至今是科学界最大的谜团之一。因此，人工智能目前尚未突破意识的界限。

"但是很多科学家已经开始重返古老的智慧，去探寻未来的方向。"

林老师起身从书架上抽出一本书递给我。

我接过来看，上面写着"唯识学"三个字。

第三节
人，究竟是什么

我好奇地问："什么是唯识学？"

林老师说："这是一种极其深奥的智慧体系，它的体系中解释了什么是人。"

她笑了笑：

"如果感兴趣，我们不妨用小学生都能听懂的话聊一聊。

"当然，唯识学是一门极其深奥博大的智慧，我说的只是非常粗糙的类比，切不可把这些当作真正的唯识学，且当是喝茶闲聊罢了。"

我大力点头道："愿闻其详！"

林老师说道：

"唯识学有'八识理论'，它解释了人的认知系统。

"晓光，打个不太恰当的比喻：想象你的身体里住着八个叫作'识'的小机器人，它们在一起认识世界。

"眼睛看到的，归一个叫眼识的小机器人管，耳朵听到的，归耳识小机器人管。

"乃至鼻子闻到的，舌头尝到的，还有身体感触到的，分别称作鼻识、舌识、身识。这五个小机器人，属于八识中的前五识。

"它们分别通过眼睛、耳朵、鼻子、舌头、皮肤，对看、听、闻、尝、摸得到的信号进行认知。

"第六个是意识机器人，就是第六识。它类似电脑里的计算程序，负责思考、判别，比如判断眼前这个东西是个杯子。

"第七个是自我执取的机器人，就是第七识。它总觉得有个独立存在的'我'。

"晓光，桌上这个手机是谁的？"

我低头一看，下意识地说："我的呀！"

林老师笑了，说：

"这个'我'里面的自我感，就是第七识的功能。当然具体很复杂，先简单说这些。

"第八个叫记忆仓库机器人,就是第八识。它有点像电脑的云存储,会把你所有看过、听过、闻过、吃过、摸过、想过的一切信息都存起来。

"比如你会记得苹果的甜味、摸过的砂纸的粗糙。当然了,第八识还包含其他机制,远超数据存储的范畴。"

林老师喝了口茶,继续说道:

"我再次申明,这种类比解释非常简单粗糙,只是为了帮助你理解,不得不勉强表达。

"现在的人工智能认知系统,也像有四个小机器人,AI认知模型与唯识学理论有着惊人的对应关系:

"前五识,眼、耳、鼻、舌、身识,对应AI的传感器输入系统;第六识意识,类似于AI的决策算法;第七识本质是对'我执'的算法化追求,可比拟AI的目标函数;第八识更复杂,简单说,类似包含潜在行为模式的训练集。"

第四节
路在脚下

林老师娓娓道来,我仔细思索,也并不难理解。

不过我还是疑惑:"了解唯识学,与我们前面讨论的问题有什么关系呢?"

林老师说:

"唯识学早在千年前就构建了完整的认知模型,为我们理解AI与人类的异同提供了参考框架。

"知道异同,就会慢慢明白人是什么,教育是什么,乃至未来我们应该如何做。

"对于人类而言,人工智能是一面非常好的镜子,我们终于可以照见镜子里的自己。

"以前如果要问,人是什么?我们会说,人是会思考的,我思故我在。但现在人工智能也会思考,而且能力更强大。

"那么,人的定义到底是什么?这件事情前所未有地急迫起来,因为这个定义是人类文明的奠基石之一。

"虽然科学还没有探索到最底层,但人类可以通过自己创造的人工智能这个'孩子',来对照反观,清晰直观地认识自己。

"这是一场自我认知的解放,是人类几千年来未有的契机,也是人工智能送给人类最好的礼物之一。"

我犹豫了一下,仍然固执地问道:"但我们好像还是没有解决那个问题——教育是什么?教育的未来在哪里?"

林老师哈哈大笑:"答案早就告诉你了!我们不是还有尚未探到的意识深海,尚未走完的认知之路吗?敢问路在何方?路在脚下!"

我笑了,想起刻在古希腊神庙入口处的神谕:"认识你自己!"

坐久了,林老师说出来走走。

推开门，不知不觉间，天空又飘起了洁白细密的雪花，大地渐渐模糊。

不远处的湖边，有条弯弯曲曲的小路，若隐若现，通往对面的高山。

这条路仿佛正是孩子们即将踏上的远征——那将是一场精彩的人类自我认知之旅。

| 后记 | 成为彼此的园丁

敲完最后一个字，刚好是深夜十二点。每天高度专注于写作，长时间处于心流状态，已忘记身体的疲惫。此刻，我就像走过了一段很长的旅程，却顾所来径，既有轻松愉悦，又有太多的感恩。

感谢家人对我的全力支持。那些为我精心烹制的美味饭菜，从不打扰的理解包容，让我能全身心地投入写作。你们是我的第一读者，给我许多有价值的建议。你们是我永远的后花园，我在你们的爱里肆意生长。

感谢亲爱的朋友们。是你们一次又一次真诚的认可与鼓励，让我有信心写好这本书，甚至书未出版，你们就纷纷预订。这份莫大的信任，是我一生珍贵的财富。

感谢家长和孩子们。是你们的困惑启发了我的思考，你们的快乐坚定了我的道路。还有那些咨询电话里未见面的信任与哽咽——你们用自己的故事，帮助我找到教育的答案，在烦恼中生出智慧之莲。

感谢我的研究生导师、著名学者戴建业教授时常耳提面命，促我认真工作、努力精进。毕业多年，戴老师仍谆谆教诲，让我切身感受到薪火相传的教育使命。感谢智慧、风趣的旷智勇老师，以及军旅作家李骏先生。他们严谨认真地读完书稿，并欣然推荐，话语中满满的温暖与鼓励。

感谢我的责任编辑孟智纯女士。没有你的"不离不弃"与信任鼓励，就没有这本书的顺利出版。我们像共同孕育"孩子"一样，同心协力创造出这本书。从合作伙伴变成彼此信赖的朋友，遇见你是我的幸运。

特别感谢成长路上各位敬爱的"林老师"们。是你们用无尽的智慧与慈悲，让我在迷茫中认识自我，在黑暗中看见光明。顺着你们手指的方向，我找到了心中的明月安心。

最后，感谢此刻手持书卷的您。当您为某个段落驻足沉思，这些寂静的共鸣早已超越纸张的界限，在更广阔的天地间织就教育的星图。正如林老师送给晓光的泰戈尔的诗《用生命影响生命》，我们已在某个时空维度完成生命的共振。

要感谢的人太多。所有心中有爱的人，你们都是滋养我的园丁。

这场溯源之旅尚未抵达终点。在本书付梓之际，我建立了教育共修社群，希望我们在真诚的对话中共同成长，相互照见，彼此赋能。

　　同时，我发愿将此书的全部版税收入用于教育公益事业。未来，我将帮助更多人，尤其是农村困难家庭的孩子，获得更好的成长。

　　窗外是三月，朵朵春花，草绽新芽。亲爱的朋友们，愿我们在教育的路途中，能活成彼此的园丁与风景。不必追逐完美，但要永远迎着光明。

　　期待您带着故事，走进我们共同的花园。

杨帆　书于华枝春满之夜